读一页书　舔一口蜜

ZDENĚK SVĚRÁK

斯 维 拉 克

布 拉 格 故 事 集

青青校树

OBECNÁ ŠKOLA

[捷克] 兹旦内克·斯维拉克 著

徐伟珠 译

浙江文艺出版社

北京读蜜文化传媒有限公司
策划

目录

致中国读者

还是一名高中生时，我就清楚自己想成为作家，写短篇故事而不是长篇小说。长篇作家似一介农夫，而短篇作者则像一个园丁。在短篇故事里，语言的分量远超过小说。所以读大学时我选择捷克语言和文学作为专业，就是要完美地理解母语的词汇。

然而命运没有让我走上作家之路，我成了电影编剧、广播剧和戏剧作者，同时是一名演员。对言辞的热爱映照在我的剧本中，我的剧本不是导演的拍摄指南，而是文学创作。当然它们有欠缺，太过健谈，关注对话多于画面本身。但这正是由我担纲编剧摄制而成的影片，时常得到盲人群体啧啧称道的缘由，因为他们能听懂那些电影。

在我步入暮年，期待能自由不羁地叙写一些故事时，我回归到短篇小说创作。我不必为迎合剧作家或者导演的要求多次重写和改变自己的作品。当我坐到电脑前敲击文字，我问自己到底在做什么。这就如同在路上偶然发现了一枚樱桃核或李子核，我要把它们还原成果，探寻之前发生和之后可能发生的故事，填充其果肉和果汁。

当今短篇小说的概念已然发生改变。一些作者的写作几

1

乎基于这样的理解，即他们的叙事无须有意义，他们的文本想结束就结束，就那么简单。我跟他们不属于一类。我喜欢为自己的故事找到适合的句号。

　　我自认为是个幽默之人，这既适用于我的表演，也适合我的写作。我希望两者都能给人带来乐趣。我热爱幽默，那种介于快乐和悲伤边缘的幽默。我不知道在您阅读我的文字时是否发出了爽朗的笑声。在您的脸上浮现起微笑，我就满足了。

青青校树

（又名：市民小学）

序

　　《青青校树》是一段镶嵌在狭窄的时间缝隙里的故事——第二次世界大战刚刚结束，一切好似张开热情的臂膀迎接自由时代的到来。没有人能料想到，仅在短暂的三年之后，另一种不自由将所有的希望葬送。

　　在众多剧情角色中，男老师伊戈尔·赫尼斯多最受关注。他的真名叫瓦茨拉夫·梅斯特西克。在他家公寓的房门上，名字下方赫然标注着"教师—作家"。赫尼斯多老师让我着迷。他易如反掌地掌控了我们杂乱无序的四班，如同音乐指挥将一个乱了章法的乐队协调得焕然一新。最初，老师动用教鞭代替指挥棒，最后大张旗鼓地把那根教鞭撅断，以另一根神奇魔棒主宰了我们的灵魂：他参与抵抗运动的惊心动魄的叙述。不要忘记，那把别在他腰间、塞在枪套里的6.35小口径手枪，默默地佐证了他那些口述故事的真实性。当我把构思粗糙的电影故事交到我的编剧瓦茨拉夫·沙谢克手里时，他用心探寻故事的暗流，设法寻找一种关联。他敏锐地发现了我自己都没有意识到的东西：小艾达将他那个被别人称为"变压器"的不起眼的平民身份的父亲，与一位罩着英雄光环的老师作比对，这个发现不同寻常，令人惊讶。我按照编剧的建议开始写作。

我热爱《青青校树》的另一个缘由，在于它开启了我与儿子之间的第一次联袂合作。在影片里扮演真实生活中的我的父亲，是美妙的挑战也是艰巨的任务。我们选择拍摄的外景地，是一切往事真实发生的地方，我们的学校，我们住过的房屋。这是一次对童年的美妙回归。

一辆前部为轮胎、后部为履带的装甲车——激战正酣。马达轰鸣，手榴弹爆炸，子弹呼啸着穿梭。突然，装甲车司机中弹，他双手一耷拉，脑袋无力地往后一仰，贴有捷克斯洛伐克国旗标记的德国头盔上，脑门处的弹孔赫然可见。站在他一旁的那位士兵，身材瘦弱，头上的鸭舌帽帽檐转向后边，他一把抓过方向盘，装甲车继续往前冲。

"艾达！"枪林弹雨声中传来女人的呼喊。然而战斗仍在继续。

"艾达！"女人抬高的嗓门终止了如火如荼的战事。

这是九月里一个安静的傍晚。布拉格郊外公路旁，一辆报废的德国装甲车残骸里，那个被子弹射穿头盔的死去的士兵，此刻复活了，他身旁的战友也不再模仿发动机的声音。两人循声都转过身来，十岁出头的小男孩，艾达和东达。

身材苗条的少妇站在人行道上。一只手在摇晃身边的婴儿车，另一只手举起一个玻璃水罐。她把水罐递向艾达。

"妈妈，我想再玩一会儿。"艾达恳求。

"不，不能玩了。"女士口气坚决。

艾达从蒙着防护罩的装甲车残骸中跳出来，迟疑地走到母亲身边。他身形瘦弱，两条腿像牙签似的从短裤里伸出来，纤细的胸部紧裹一件针织套头衫。他从妈妈手里接过水罐，还有十克朗纸币。

"你怎么把帽子戴成这样！"母亲摘下艾达头上的鸭舌帽，用手指抚平儿子凌乱的头发，重新戴上，正过帽檐，再帮儿子把衬衫下摆塞进裤子里，掸去他肩膀上的一根鬃毛。母亲约莫四十岁年龄，风姿绰约，举止优雅。

童车里一个半岁的婴孩号哭起来。

"别在外面闲逛啊。"苏切克夫人叮嘱儿子，自己推着婴儿车往家走去。

"再见了。"东达招呼，为了艾达的母亲也注意到他。

"再见。"女人朝脑袋上扣着法西斯头盔的光脚男孩转过身来。

"给我点水喝。"东达请求小伙伴，他接过水罐大口大口地吞咽解渴。他的脸和手都脏乎乎的。艾达把他下口的地方，擦洗了一下。

"为什么要在水罐里盛水？"在往啤酒馆去的路上东达好奇地问。

"为了让水罐保持凉度。"

两人刚挨近卢凯什啤酒馆，手风琴声就从里面传出来。

在啤酒馆展示柜里，贴了一张手风琴乐手的照片。乐手锃亮的牙齿跟他手中乐器的白键可以媲美。

"真让人羡慕！"东达望着照片感叹，照片下面有一行手写的字：费尔达·卡夫卡每周六为您演奏。

"什么？"艾达将水罐里的凉水倒在人行道上。在他之前已有好几个人这么干了。

"我也想把手风琴拉成这样，然后去一家又一家啤酒馆赚钱。"

"或许我父母会给我买一把大一点的小提琴。我现在那把才一半大小……"艾达透露。

"小提琴就会吱嘎作响，手风琴完全不一样……"东达评论，就在那一刻，费尔达·卡夫卡一晃身子，引吭高歌起来。啤酒馆里烟雾缭绕，浓稠得可以用刀切割。

"一升混合啤酒。"艾达把玻璃罐放上潮湿的酒馆柜台。

卢凯什先生往一个半升酒杯里注入黄啤，往另一个注入黑啤。在等待啤酒沫下降的间隙，艾达转身打量这个人声鼎沸的城郊酒馆。几位客人跟随手风琴在唱"为什么三叶草长在水畔"，人群中最吸引男孩注意力的是一位美女，口里叼一支细长纸烟。邻桌上是几个赌徒，东达走近其中一个。

"爸爸，我们回家吧。"他说。

"你好啊，小朋友！想来一口吗？"

东达啜了一小口父亲杯中的啤酒，再次恳求："爸爸，回家吧。"

"我现在可不能回家，托尼①。你告诉妈妈，就说爸爸拿了一手好牌，假如现在歇手，相当于抢劫了自家财产啊。"

赌徒们笑倒一片。

"可以了。"店主说着，给两个啤酒杯添满了啤酒。艾达把杯子里的啤酒倒入自家的玻璃罐里。

"我说呢，你在哪里——原来你在这里！"电车司机在啤酒馆门口欢呼道，没有半点不满。

"我丈夫从轨道上下班了。"美人张开双臂欢迎他，手臂举过头顶，众人在酒桌旁给来人腾出位子。

玻璃罐里的泡沫已经平息，艾达将啤酒杯里剩余的啤酒倒进去。

艾达将盛了古铜色混合啤酒的玻璃罐放到餐桌上。桌上摆满了台灯、电容器和收音机组件。苏切克先生手里拿一块焊料，俯身在捣鼓拆卸开的老式收音机。

"法诺什，你能不能收拾一下桌子？"母亲问道。

"再等一等！"父亲不耐烦地回答。

"你看看都几点了。"母亲步步紧逼。

秃顶的父亲把眼镜从眼睛推到额上，叹息道："你清楚

---

① 东达的昵称。

我一点胃口也没有。"

"你已经忙乎半个多小时了。"母亲用勺子在平底锅里搅拌着什么。

婴儿车里传出哭声。

"去推一下车，艾达。"妈妈关照。

艾达来回推动婴儿车，但小女孩啼哭不止。

"试着把童车推过门槛，这招管用。"父亲给儿子建议，他正举着放大镜在研究接收器线路图。

艾达打开门，把妹妹推到前厅，然后再往回拉。门槛如同一个凹坑，婴儿车晃动起来，啼哭声随之晃动，然后归于平静。

"过来帮我举着灯。"父亲下令。艾达忙不迭地从父亲手里接过胶木台灯，没留神绊了一下地板上连接焊机的电线。灯一下子熄灭了，艾达脑袋上挨了一巴掌。

"瞧你毛手毛脚的……"父亲呵斥，将火柴棍塞回陶瓷插座孔里。台灯再次亮起来，父亲开始焊接。

"摁住连接线上的电阻。"父亲又指示。

艾达必须将台灯换到另一只手上，然后转身，他刚一挪脚，不料再次断开了插座连接。

"我的天哪！"父亲哀叹，"你能成什么事？能指望你做什么，啊！"艾达在父亲的巴掌前缩成一团。

"别打他脑袋，会让他变傻的。"母亲插话。

"他能成什么！就现在这模样。"父亲再次将火柴棍塞进插座孔里。

"作为电工居然用火柴棍来连接电线，不知道赫鲁斯特看到后会作何感想！"母亲火上浇油。

"赫鲁斯特，还有你，就你们来给我指手画脚！真是两个行家！"不出意外，父亲火冒三丈。

"一个刷墙的居然来给我建议！那你回头转告赫鲁斯特，说我们当初想要的可不是波浪线，而是直线！"父亲噌地站起来，指着沙发上方那条紧挨天花板的蜿蜒的波浪线给我们看。插座连接线第三次被踢开了。

父亲这一次不管不顾，他跃上沙发嚷道："你能把它称作直线吗？每天早上我都跟它照面，这种大手笔！哼，赫鲁斯特！"

艾达自己动手把一段火柴棍塞进插座孔里，恢复电源连接。

"别不脱拖鞋就往沙发上踩！"母亲抱怨。

父亲摆手，回到收音机旁。

"握住它。"父亲说，银色的锡点附到先前用焊锡膏涂抹的电线上，再连上终端电阻，一股细烟升起来，轻轻吹去，大功告成。

"就是它了，不然我也无计可施了……"父亲说着拧动收音机上的旋钮。

积满灰尘的扬声器里有音乐飘出来，是进行曲。父亲的脸上放出了光。

"哎，真不容易！"他叹口气，调高音量。

婴儿车里的女婴被惊醒了，号哭起来，然而父亲浑然不觉。他幸福极了，像换了个人。

"法诺什，动静小点儿。"母亲温和地规劝。她也很高兴，餐桌上的那一堆杂物总算可以清理走了。

父亲调低了收音机音量，艾达再次将婴儿车推向门槛。

母亲已经动手铺桌布，父亲把餐桌上的零件腾挪出多少空间，母亲的桌布就铺到哪里。父亲的情绪越来越好。

"到底哪里出了问题？"

"电阻啊，那个白痴电阻。"

"那你是怎么弄明白的？"

"我手头有线路图。"

"至少你在这方面还是个行家。去把双手洗净吃饭吧。"

父亲和艾达一起去洗手。两人相互借用肥皂，轮流在水龙头底下冲洗。

"好在是一个小故障，但需要查明是哪一个。"父亲依然沉浸在成功的喜悦中。父子俩在毛巾末端擦手时，父亲伸出手，友好地在这个小帮手后背上慈爱地拍了一把。

晚餐已经码在桌上。艾达刚想大快朵颐，母亲打开一瓶油性液体，倒在汤匙里说："张开嘴巴。"

"真难闻啊，鱼油！"男孩一脸痛苦状。

"不要小看鱼油。它对骨骼，对血液，对什么都有益处。你太瘦了。"

"祝你好胃口。"父亲说，开始用餐。

"祝你好胃口。"艾达的脸部表情夸张，那令人作呕的油腻的液体令他战栗。

用餐过程中，母亲转头问艾达："你非得跟那个东达做好朋友吗？为什么不和卢博什一起玩呢？"

"我不喜欢卢博什。"

"什么叫不喜欢，不喜欢吗？"

"他不好玩，很无趣。"艾达辩解。

"他上的可是文法学校，学钢琴，学外语……"

"他在学德语，懦夫一个！纳粹的语言，我永远不要去学！"

"德语始终是有用的语言。"父亲插话，"但是出于善意的忠告，应该让他学习英语。"

"身体挺直了。你的坐姿像个标点符号。把背带套上！"母亲命令。

艾达厌烦地朝天花板翻了个白眼，将单薄的肩膀套进了安在椅背上的特制背带里。母亲将他的座椅往餐桌靠了靠，因为儿子用勺子舀起盘中的食物时，够不到自己的嘴巴。

"你正在长身体，骨骼是柔软的，所以必须挺直。你看看赫鲁斯特先生的行走姿势，像个军人！"

"你拿赫鲁斯特给他做榜样，拜托。那人因为个子矮小，当然只得挺胸抬头，就跟鸽子似的。"父亲对这个例子直摇头。

"爸爸，赫鲁斯特先生是人民党吗？"

"赫鲁斯特先生是一个浑蛋。"

"但他是人民党。"

"是的。但人民党里也有聪明的家伙，譬如路德维克先生。每一个政党里都有聪明的和愚蠢的成员。"

"哪一个党里愚蠢的人最多呢？"艾达来了兴致。

"吃你的，饭都凉了。"母亲制止住两人的讨论，"这种谈话对孩子没有任何意义。尤其是评论赫鲁斯特先生是个浑蛋……"

"他迟早会得知真相。"父亲嘟囔。

如果不是黑板上画了几朵植物花朵，以及马克索娃老师站在讲台上张着嘴滔滔不绝的话，教室里俨然就是下课时的景象，五年级的课堂上喧闹异常。这个班级不是男女混班，一色净是男生，但这并不意味全班级都是"干净"的男孩子。因为眼下天气仍然很暖和，孩子们大多光着脚，光裸的腿脚伸到了过道里,上面沾着绿色的草屑和黑色的煤渣。在这一群头发蓬乱、衣衫不整的男生之间,只有为数不多的父母在意自己孩子的仪表,艾达便是其中之一。他脚上穿着皮鞋和袜子,头发整齐地梳成中分,身上硬挺的短袖衬衫是妈妈刚刚熨烫过的。

马克索娃老师对教室里乱七八糟的场景早已见惯不怪,甚至都没有试图抬高自己温和平缓的嗓音来让第一排之后的学生也能听见她的讲课:

"只含有雌蕊的,我们称它雌花或者雌性。其他只有雄蕊的花,我们称之为雄花或者雄性。"

老师讲解了很久关于花朵的知识,包括它们如何凋谢。她身穿灰色工作大褂,脚踏一双木屐,身材娇小,大约四十五岁的样子,长得不难看。然而,她的双眼因在一堆堆练习册里搜寻和改正太多错误的缘故,疲惫的眼圈显出神情憔悴。但在工作大褂下挺立的胸脯仍然昭示出她面对生活的勇气。

讲台下,学生们正热火朝天地展示自己的爱好。艾达和东达各自在四分之一张纸上不亦乐乎地开战,从机关枪阵中飞出的子弹,经过虚线直接射入机翼上画着黑色十字架的飞机腹部。飞机尾部冒出一股黑烟。炮弹拖着一条长长的弧线射向敌人的坦克,击中了!铅笔被使劲碾压,乱涂一气,他们激烈地"交战"着,直到笔芯被折断。"战役"伴随着拟声的叹词——呜！呜！呜！呜！砰！砰！

"如果有雄蕊和雌蕊的花长在同一株植物上，那么它就被称为雌雄同株的植物……马科维茨，请你至少别吹口哨，声音小一点。这样的植物，比如桦树、榛子树和黄瓜。如果雌花和雄花分别长在不同的植物上，那么它就是雌雄异株植物，比如说柳树。这是你们的损失……"马克索娃老师对所有学生叹息，实际上又似乎目空一切，"我不能打你们，对很低的考试分数你们也无所谓，我的劝诫你们充耳不闻，将来你们会成为什么样子，这是你们自己的损失，我只管完成我的教学任务。还存在许多多性植物……"

在另一张课桌上，两个小学生正在用胶合板制作的小曲棍球杆玩桌面冰球，圆纽扣滑过绿色桌板上的"球场"。另外一对大概嫌课桌板太过倾斜，就挪到座位上玩，已经被屁股磨得光滑平整的椅子面，是理想的"竞技场"。

在东达后面坐着年龄稍长的罗森海姆，他独自在桌面上玩耍，来来回回地拖曳他的齿轮小拖拉机，这是他用螺纹线轴、橡皮筋和竹签做成的。小拖拉机爬过障碍物，罗森海姆百无聊赖地看一会儿自己的玩具，又注视一会儿老师。这就如同即将跨入青春期的孩子受到的诱惑——从儿童游戏开始转向其他游戏。

罗森海姆转头对东达和艾达说："她就穿了一件外套。"

"谁？"艾达不解地问。

"老师呀。天这么热，她的外套底下肯定什么都没穿。"

"瞎说！"东达说罢，眼睛却看向老师，审视了一番。

"罗森海姆，你在说什么？"坐在他后面的莱尔赫凑过来。

"马克索娃没有穿内裤，在她外套底下是裸着的，我去年亲眼看见过。"

这个消息被同学们口耳相传，一直传到教室的最后一排，又跨过过道，传到了过道那边的另一列学生那里。

"她肯定穿了运动短裤的。"东达说，不错眼珠地紧盯着老师，现在她就坐在讲台后面。

"运动短裤？"罗森海姆轻蔑地哼了一声，"女人们不穿运动短裤，蠢蛋。"

"罗森海姆应该比我们懂，你别忘记他已经留级几次了。"艾达也被激起了兴趣。

"她这么坐着的时候，就看得到。但需要有个人爬过去，靠近她。"罗森海姆挑逗起小同学们无比的好奇心。

"如果没有昆虫，就不会有水果。当花园里的花绽放时，成千上万的蜜蜂会飞来采集花粉。当它们从一处花朵飞向其他花朵时，花朵就此受精……"女老师在喃喃讲述。

东达忍不住了，他慢慢地沉下身体，从课桌下面往前爬去。噪声渐渐平息。每个人都紧张地期待着东达的探索之路，但他们的眼睛望向老师，不希望暴露侦察兵的行径。

"这才是我喜欢的样子，你们就应该这样保持安静。"老师察觉到了班级里不同寻常的聚精会神，"只有这样你们才能学到知识，关于自然，关于自然的奥秘。有些花只有大黄蜂才能采蜜，因为它们有长长的尾后针……"

东达已经爬到了第一排的两个学生之间，在最后一刻他回了一下头，似乎有些犹豫，然后就消失在讲台下边的通道里。

"栗树的大花朵基本都由大黄蜂来传粉。大黄蜂也可能会停留在三叶草上。"马克索娃在令人难耐的静谧中娓娓道来。

然后东达匍匐回到自己的座位，当他的脑袋在课桌上冒出来时，他对全班同学宣布说："她穿短裤了。"

一片失望的叹息声在班里响起。

"既然你这么聪明，那你倒说说看，她的内裤什么颜色？"罗森海姆追问。

"就是寻常的粉色，跟妈妈穿的一样。"

"没错！"老师惊叹，"粉色的三叶草花，它是大黄蜂最好的牧场。"

但这几乎没有人理会了，嘈杂的吵闹声再次响起，声量恢复到了日常水平。学生们又自顾自玩起自己的游戏。

讲台上方的白墙上，总统贝奈斯①先生正抿着薄薄的嘴唇，带着看不出情感色彩的外交式的微笑注视着这一切，与他并排的是斯大林元帅，他的微笑透露出理解，甚至一丝恶作剧。

艾达推着藤条编织的童车，小妹妹鲍仁卡坐在车里，身上用吊带捆绑住。小女孩的脚边放了一束玫瑰花。一旁的东达骑在自行车上。这是一辆老式的卸掉了挡泥板的旅行自行车，但前轮毂上安装了一截罐头金属片，触碰到车轮的每一根钢丝，从而在骑行过程中会产生驾驶摩托车的声响。东达骑在自行车上围绕艾达兜圈子，不停地发问："你非得去那里吗？"

"我必须去。"

"为什么？"

"献花。"

"这也太麻烦了，你时刻得带上你妹妹。我真高兴我没有妹妹。"东达坦陈。

"可她挺乖的。"

"但是有个妹妹很糟糕啊。我父母已经决定不再要孩子，有我一个他们就够了。"

---

① 爱德华·贝奈斯（1884—1948），捷克斯洛伐克政治家。曾任捷克斯洛伐克外交部长、总理（1921—1922）和总统（1935—1938，1941—1948）。

"我父母说有两个孩子更好些，至少我不会那么自私。"艾达反驳。

"可你失去了自由。你时刻要照顾她。"

"确实我没有太多的自由。把自行车借我骑一下吧。"艾达结束了对话。

东达跟他交换了婴儿车，艾达骑上自行车。在墓地门口，两人把自行车倚靠在柱子上，推着婴儿车往里走，到了儿童墓地。在墓碑上贴有一张五岁小男孩的照片，照片下方写着"艾达·苏切克"。

"他和你的名字一模一样？"东达大为惊奇。

"对啊。"艾达说着把花瓶里陈旧的花抽走，低头嗅了一下水味，一皱鼻子说，"难闻！"

"他后来长啥样？"东达看着照片感叹。

"我不知道。在我出生之前他就死了。"

两人到水泵前取新水。

"据说很听话。"艾达说，"他死的时候，我妈妈吞服了安眠药，因为她也不想活了。医生给她洗了胃，救回了她的命。"

"那一定不好受。"

"是啊。"

孩子们回到墓边，艾达把玫瑰花放进花瓶里。

"出了什么情况，你那哥哥？"东达想知道。

"他踩到一枚锈铁钉，得了破伤风。"

"破伤风？"

"那是一种疾病。这就是为什么我父母对我这么谨慎。总担心我出意外。他们不想再失去我。"

"这不能怪他们。"东达说，"可你的名字跟他完全一样……"

"我是他的替代，你明白吗？在父母心里我是来替代他的。"

"你就是他的替身。"东达总结道。

"喂，喂，现在广播学校通知。"学校的喇叭里响起校长的声音。校长用手指头拍了几下话筒，然后拿起一张纸条念起来——

"我们学校收到了几张《白痴》剧目的演出票，有愿意去看《白痴》的父母，请到校长办公室来。重复一遍，有愿意去看《白痴》的父母，请到校长办公室来。"

声音通过扩音器传入哄堂大笑的教室里，那些反应慢的学生没反应过来，不明白那些反应快的学生在笑什么，于是他们互相解释，然后教室里又爆发出另一波笑浪。

"安静！安静下来！"年轻的马克索娃老师用教鞭敲击着讲台，试图听清校长的讲话。

"……魔术师、戏法演员拉贾·泰米尔今天来我们学校，为孩子们表演魔术。"校长的声音继续传来，引发一阵热情的欢呼，学生们起身冲向教室门口，女老师一只手拿着教鞭，徒劳地指向讲台，另一只手拢在耳边，试图听见校长的指示。

"……有秩序地，在老师的监督下。一年级的学生，如果没有大人带领，单独行动，我会亲自抓住他的耳朵，把他扔出去，让他成为学校的耻辱。出现那种情况的话，我们再也不会请魔术师来学校……"

相对教室里的翻天场景，校长室里非常安静，于是校长有条不紊地念到了通知的结尾——

"按照如下顺序：一年级、二年级、三年级、四年级，五年级排在最后。我再向老师们重复一下排队顺序：一年级在最前面，然后二年级……"

简陋的体育活动室里已经人满为患，最小的孩子坐在地板上，稍大一点的坐在后面的椅子上，五年级的学生站在最后一排，这样每个人都能清楚地看见魔术师表演。

拉贾·泰米尔是一个瘦骨嶙峋、目光阴郁的男人，此刻他正躺在钉满钉子的木板上。孩子们并没有什么反应，当他站起身向同学们展示他被扎刺得坑洼不平的后背时，同学们在校长带头下才向他献上了热烈的掌声。

第二个节目遇到一些困难。拉贾脱下袜子，仰躺在地板上，在两脚的脚趾间各夹一支粉笔，然后请观众们任意说出几个单词。

"白痴！"罗森海姆脱口而出。

"厕所！"另一个声音从站立的队列里传来。

学生们欣然接受，然而校长不乐意了："丢人现眼。魔术师先生此刻一定以为你们不认识别的词呢。"

"妓女！"静默中不知谁又冒出一句，以证明他认识其他的词。

裹着头巾的艺术家傲慢地微微一笑，回应说："对我来说，写下这些词没有任何问题，什么词都难不倒我的双脚，只是它们更愿意书写美丽的字眼。"

一位女老师俯身对一名二年级的小女生嘀咕了句什么，女孩马上喊道："春天！"

"好，这是一个非常美好的词。"魔术师嘘了口气，在黑板上同时写下了两个"春天"，一个用左脚，另一个用右脚。

校长再一次带头鼓掌。

"现在，我把这三个铁环借给你们，它们是环环相扣在一起的。你们可以亲手摸一摸，三个环无法脱离，而我并没有把它们切割开，或者做什么小伎俩。"魔术师解释说。

"传到这里来！我们也要看一眼！"五年级的男生呼喊。铁环传过来了。

"现在请把铁环还给我，我给大家变魔术。"拉贾·泰米尔请求。

铁环迟迟没有被还回来。

"大家已经看过铁环了，还是还回来吧！否则表演无法继续了！"校长朝后面喊。

"立刻把铁环还回去！罗森海姆，切伊卡！"马克索娃附和。

"我们这里没有啊！"罗森海姆抗议。

"如果你们不交出铁环，魔术表演就取消。"魔术师发出警告。然而铁环仍然销声匿迹。

"如果你们归还了铁环，我会加演一个节目，在计划之外的，叫吞火表演。"忐忑不安的魔术师承诺。这句话十分奏效，低年级的孩子们立刻朝后边转过身子，七嘴八舌地让五年级的学生别胡闹，赶紧交还铁环。五年级的学生们低头在地板上寻找着，没准有人不小心将铁环掉地上了呢，然而无果。

校长表现得非常镇静，他说："那就这么处理，在我数到三之前，铁环还没有交出来的话，穆拉泽克先生不仅不表演吞火……"

"我的名字是拉贾·泰米尔。"魔术师双手在胸前交叉，夸张地鞠了一躬。

"不仅魔术师先生不表演吞火，而且我们所有人立刻回到教室，继续正常上课！"校长的恐吓引发了低年级孩子们的骚动和对铁环窃贼的怨恨，而高年级学生则流露出一丝幸灾乐祸，因为那位不知名的"英雄"，居然让成年人束手无策。

"一，二，三。"校长慢慢数到了三，眼看没有结果，他搓了搓手，坚定地走向门口。

"表演到此结束，现在返回教室。这群捣蛋鬼，我会挨个搜身，如果在谁身上发现了铁环，他的品德分休想及格，因为这属于偷窃行为，而偷窃行为是全校的耻辱！"

像警察搜查凶器那样，校长挨个在学生身上摸索一遍，与此同时魔术师先生在收拾自己的道具，他忍不住向年轻的女老师吐槽说："这种事我还从来没有遇见过呢！"

"那是您仅有的一副铁环吗？您没有备用的了？"女老师不无同情地问。

"这群浑蛋。"拉贾·泰米尔没好气地回应。他解下脑袋上的头巾，揉成一团扔进行李箱里，又愤懑地扯下粘在唇边的假胡子，这样一来他可完完全全变回了那个来自霍列绍维采的穆拉泽克先生。

体育活动室里已经空无一人，校长颓靡地从门口离开，垂头丧气有如输掉了一场比赛。

"无影无踪。简直像是在地底下蒸发了一样。"他无奈地摊开手。

这所市民小学是由一排排木结构房屋构成。在每一间屋里安排两个教室。在最后一排，也就是四年级和五年级的教室后面，是一片绵延的郊外田野。哭丧着脸的魔术师手提旅行箱，走出了学校。校门口有一条小路直通有轨电车终点站。学校的窗口飘出孩子们的歌声，和着小提琴的伴奏。

"没有人知道，什么是铁；没有人知道，什么是环，环就是铁啊，我亲爱的特蕾莎。没有人知道，什么是环……"孩子们大声吟唱。

艾达、东达和莱尔赫一字排开，在学校黑色的沥青墙边撒尿。

"你们想不想看一样东西！"东达边说，解开了衬衣。在他的腰间赫然环绕着三个魔术铁环。

"真有你的！"莱尔赫震惊地倒吸一口气。

而艾达的震惊被好朋友这种不诚实的行为打了折扣。

"校长说了，这是偷窃。"他小声嘟囔。

"但是这太好玩了，不是吗？"东达咧嘴笑着，然后蹦上坐便器，将魔术环藏到水箱里。

东达·切伊卡全家住在应急住房区。那一带的建筑被称作格子房，是个有点古怪的城中村。村子里各家的住房，其建筑材料可谓花样百出，由五花八门的材料拼凑而成：建筑垃圾堆里捡拾来的木板，没涂灰泥的裸砖块，屋顶上铺设的不是铁皮板就是柏油纸。东达家的山墙上，钉了一块亮闪闪的搪瓷珐琅牌子，那是比尔纳切克肥皂厂的广告牌。

切伊科娃夫人，一个善良、爱操心的女人，此刻在院子里挨着兔子窝前洗衣服。东达进来对她招呼说"嗨，妈妈！"，以及艾达以"您好"问候她时，她从洗衣木盆边抬起头来，微微一笑，并点头致意。

两个男孩把躺着小鲍仁卡的婴儿车推进院子里，还推进来一辆很高级的自行车，花纹轮胎，附带各种装备。东达将自行车翻倒在地，靠车座和车把支撑起车身。

"这辆自行车真是好看！"东达颇内行地评价。

"可惜是我爸爸的。"艾达回应。

"可他并不骑啊！"

"除非他睡过头。如果他睡过头晚起的话，他就骑自行车去上班，免得迟到。"

东达在地上摊开一块满是油污的抹布，里面包着各种器械工具，他动作敏捷地开始拆卸自行车。

"这些都得去掉。挡泥板、载物篮、车灯……"

"要是我爸爸生气了怎么办？"艾达不免担心。

"他哪能生气啊，高兴还高兴不过来呢。我们会把他的自行车打造成一辆轻便的半赛车。"东达非常自信。

旁边邻居家的一对夫妻吵起架来，听不真切。女的在大声叫嚷，男的时不时发出微弱的叹息。

"他家又开始了。"切伊科娃夫人摇头。因为艾达来做客撞见他们家与这样的邻居相伴，这令她有些难堪。

"尽管走！……你不用回来！"那女的大喊。

"……我不回来了。"男的嘀咕。

"我真是蠢到家了！当初追我的男人数不过来，沃拉切克、埃伦伯格、范迪克……还有瓦列村的屠户……我可是个处女哎，真是瞎了眼……"女人的声音高亢激昂。

"我的心在怦怦直跳，天地良心。"男人哀怨的声音，又补充道，"针扎的一般！"

"瞧这些人，开眼了吧？"切伊科娃夫人看着艾达说。

艾达点点头。

"这就是我们这里的日常。在你们城里的公寓楼里没有这样的家庭，对吧？"

"确实没有。"艾达笑着回答，为保险起见他推了推婴儿车，因为他听到邻居家传来摔盘子的声响。然后他蹲到东达旁边问："他们为什么要这样吵架啊？"

"因为他哪里也去不了。"东达隔着自行车后轮盘回答。

"什么意思？他要去哪里？"

"哪里也去不了啊。"东达把后轮挡泥板拆了下来，放到一大堆刚卸下的设备里。

邻旁的男子忧伤地嘟囔着什么，女人的尖厉声音又一下划破了空气："请便！你直接躺进去好了！阉鸡一个！"

"过一会儿他会穿一身黑衣出来，你们等着瞧吧。"切伊科娃夫人在洗衣盆边预告，转头对东达说，"过来搭把手，帮我把盆里的水倒掉。"

艾达和东达一起上前，三人合力把洗衣盆里的污水倒入了下水道。

此时，从邻居家里走出一位一袭黑西装的男人，雪白的衬衫，系着黑领带，脚蹬一双锃亮的黑皮鞋。他一屁股坐到废弃的汽车座上——他们家捡来的椅子，大口喘着气。

"你们怎么又干上啦，布里哈先生？"切伊科娃夫人关心地问，一边晾晒衣服。

"您都听到了啊？"布里哈先生回答，一边把梳子在水桶里蘸一下。水桶就放在屋檐的排水管下面。"我的心脏在怦怦直跳。"

艾达打量着布里哈先生，他将微微花白的头发分出一道缝来，然后仔细地梳理。

"他要去哪里？"艾达小声问。

"准备进棺材。"东达回答。

"死神必须每时每刻找上我，切伊科娃夫人。不然没有办法。"男子抚住自己的胸口。

"你们总这样鸡飞狗跳的，是不是觉得有乐趣啊？"切伊科娃问。

"乐趣？您以为，我觉得其乐无穷吗？您倒可以去问问她，这样把人往死里逼，是否觉得有乐趣。"布里哈呻吟。

"当布里哈被辱骂之后，总是这样一身打扮，据说这样一来，他躺进棺材的时候就不必麻烦别人了。"东达呵呵笑着，一边将另外一条挡泥板抛向废料堆。艾达不知道对这件事该怎么想，不过他觉得实在有意思。

突然间，嗖的一声从邻居家的窗户里飞出一根绳子来，紧随一句呵斥："拿着，想上吊自尽的话，请便。"

"哎，你们都看到了吧！"布里哈叹息。

东达刚刚给自行车前轮胎安上金属保险杠，把自行车再倒转过来，让轮胎着地。

"瞧，怎么样？"东达欣赏着自己的作品。

"我不知道爸爸会怎么说，等他看到了……"艾达忧心忡忡。害怕是理所当然的，因为父亲的自行车现在只剩下了最必要的装置，轮子、车把、踏板和车架。其他装备都被一卸而空，堆在一旁。

"你现在睁大眼睛看看，我给你安装了什么。重点看铁丝。"

说着，东达走进工具棚，从里面推出自己的作品：从婴儿车上卸下来的方方正正的婴儿床，现在安上了两个轮子，另外还配备有一根拉杆。东达盯着艾达，等待他流露出惊喜的表情。他如愿以偿了。

"这真是太棒了！"面对奇迹，艾达喜不自胜，然后看着东达用粗铁丝将那根拉杆连接到自行车的后座上。

鲍仁卡刚刚苏醒，在哼唧哼唧地呓语。

"别紧张，小丫头，你会感觉像躺在棉花团上一样。"

东达摊开一个薄薄的干草袋。然后用油腻腻的手拿起婴儿车里的毯子垫在上面，再把鲍仁卡抱进拖车里。设计师没有忘记设置固定皮带的小孔。小女孩被皮带绑住了身子，看上去她很喜欢这个新车厢。

东达扶住手里的自行车说："我们可以出发了！"

听见了自行车咔咔咔行驶的声音，切伊科娃夫人回过头来看见了这惊险的一幕。她一拍巴掌喊道："你们会把这个小孩弄死的！"

但是两个男孩子已经远去，什么都听不到了。

艾达正在经历令人难忘的时刻。一路上他全力蹬踏在自行车踏板上，不时回头望一眼小妹妹。迎面而来的风掀起了他的头发，坑洼不平的土路让车子上下颠簸，小女孩有些害怕，但这仅仅是第一次经历，她会习惯的。

"多留意你妹妹！"东达大声喊。

"留意着呢！"艾达兴奋地回应。

"骑车感觉好吗？"

"好极了！"艾达的声音盖过了自行车轮子发出的咔咔声。

两人一路骑到大土丘那里，以前人们把瓦砾、灰土和一切杂物都拉来堆在此地。渐渐在这里形成了一个又一个瓷实的山包，可以在山包之间绕行测试自行车的灵活性。一路上鲍仁卡体验到了此起彼伏的娱乐考验。她的小拖车一会儿偏向左侧，瞬间又靠往右侧，好在她被绑上了安全带。虽然设计师考虑到了一切，但他显然忽略了离心力。在一个险恶的大拐弯处，拖车侧翻了，仅凭一个侧轮在地上行驶，在地面上拖行时发出了刺耳的摩擦声。艾达循声转过身去，看见绑着安全带的鲍仁卡在煤渣上拖行，吓得慌忙刹住车。

小女孩从震惊中清醒过来，开始哭闹。粉红色的衣服歪斜在一边，后背抹上了黑色，一只小手也是黑的。两个男孩凑近注视她，检查她身上是否流血了。

在鲍仁卡持续的哭闹声中，苏切克太太脱下小姑娘身上之前是粉红色的毛衣和粉红色的连体裤。她的眼里也噙着泪水。她仔细检查眼前这个赤裸的小身体，幸好，除了左手掌的划痕外，没有发现其他严重伤情。她仍然试着弯曲了几下孩子的胳膊和双腿，然后，既宽慰又后怕不已地将宝宝搂紧在怀里。

艾达站在一旁，像一条挨了鞭笞的小狗。

母亲伸手往角落里一指，这个动作意味什么，艾达心领神会。他面壁跪倒在地板上，在这个屈辱的位置上他只得观察沉闷单调的绘画图案，那是赫鲁斯塔先生用滚筒烫画机印制的。

一如往常，马克索娃老师身穿那件灰色长褂在上捷克语课，勉强吸引了教室里前排两三个学生的注意力，她在讲解大写字母的相关用法，后边的学生几乎可以说不知所云。

相比之下，学生罗森海姆手里的橡皮筋弹弓具有大得多的效应。他用橡皮筋弹出纸球，射程越过整间教室，目标是学校那幅卡尔施滕城堡[①]画。他每弹射一次都伴随一声口哨，模仿战争片中炮弹落下时的声音，惟妙惟肖。

那幅画下方坐着同学马切克，他一次不落地举起手向罗森海姆报告射程。

老师在黑板上写下"布拉格"（Praha）一词，给首字母P画了一道下划线："众所周知，布拉格的首字母P需要大写，然而请注意，在形容词'布拉格的'（pražský）一词中，"老师边说边写，"P则要小写，其他城市名称的书写也同样。"

接着老师用短粉笔在"布拉格"下方写下了单词"莫斯科"（Moskva）。

罗森海姆吹着口哨又弹射出一发纸弹。"罗森海姆，不要吹口哨，现在你不是在放牧！"马克索娃停下了枯燥乏味的教学讲解，"谁上来写一下相应的形容词？"

艾达自告奋勇。

当他写到单词"莫斯科的"一半时，罗森海姆又吹了下

---

① 捷克14世纪的哥特式城堡，距布拉格30公里。

口哨，马切克确认，这一次卡尔施滕城堡被击中了。

女教师今天的情绪显得很不稳定。她嘴角抽搐，用食指敲击着讲台呵斥道："罗森海姆，你再吹一次口哨，就把你送到沃尔肖维策①去，那里自然有办法治你。"

艾达写完了形容词，女老师从他手里接过粉笔，随后情况发生了。就在马克索娃老师背对全班学生强调字母 m 的大小写时，罗森海姆从课桌里掏出一个装有墨水的玻璃瓶，像扔石块似的把它掷向女老师。没有人知道，他是否真的想击中老师，事实是，墨水瓶紧挨老师的脑袋在黑板上崩裂。教室里一片寂静，女老师缓慢地，非常缓慢地转过身来，面朝全班学生，在她脸上，还有那件灰色长褂上，溅满了深蓝色墨水。在一片静默中，响起罗森海姆的喊声，他的嗓音突然很怪异，因为他已开始变声："我说，我倒是想去沃尔肖维策呢！"马克索娃老师没有歇斯底里地发作，也没有绝望地哭泣，完全没有。她环顾安静的教室，脸上露出一丝微笑。带着这种幸福的微笑，她穿过教室过道走向更衣室，又走出更衣室到了学校外边。学生们都挤到窗户边，望着女老师。她没有像不幸的魔术师拉贾·泰米尔那样，走那条小道，而是穿着她灰色的长褂踏上了绿草地和蒺藜丛，仿佛迎向她心爱的人而去。她一手拿着教鞭，另一只手里拿着那一截粉笔，

---

① 布拉格精神病院所在地。

用鼻腔幸福地呼吸着清新的微风，因为她真的疯了。

熹微晨光中，闹钟丁零丁零响起。一只手伸过来，把闹铃摁灭，然后摸索到床头柜上的台灯，拧亮。这是艾达的母亲，她眯起眼盯着闹钟看了片刻，开口说："法诺什，我们大概又睡过头了！"

父亲一个激灵坐起来。

"大概，还是真的？"

"大概是真的。"母亲说，声音里透出担忧，"我们把闹钟设错了！没有设在六点，设在了六点半。"

"我们把闹钟设错了？是你设的好吧！"爸爸不耐烦地下了床。

"是我设错了闹钟。"母亲承认道，也跟着起了床。

"天啊，她都不会设置闹钟……"父亲嗤之以鼻。

"法诺什，别生气了。你骑自行车去还来得及，对吧？你去取自行车的时候，我给你准备好苹果派带上。嗯，还有一个苹果，你可以在路上吃。"母亲一口气说出来，以免父亲插话。

"好吧，我骑在自行车上，一只手举着苹果派往嘴里送，还要啃一口另一只手里的苹果。"父亲走向房门口时不忘伸手指指脑门。无奈的父亲还是接过了装有苹果派和苹果的袋子，扔进公文包里。

外面是十月灰蒙蒙的早晨。父亲急匆匆从地下室取出自行车，推到楼前，在他骑上去的时候，才注意到它的模样，瞬间产生一丝疑惑，这究竟是不是自己那辆车。他下意识地伸手触摸原先货物筐和挡泥板的位置，该不是在做梦吧，父亲疑虑地摇摇头，顾不得多想，骑了上去。自行车发出辘辘声，父亲以为公文包卡在钢丝上了，便挪开一点，然而辘辘的声音依然不停歇，清晨宁静的大街上匆匆奔波的行人，不禁回头望着他。

父亲停下车来，技术员出身的他，很快发现了噪音的来源，他愤怒地排除了障碍，一边骑一边嘴巴在动唤。

几乎可以肯定，他在咒骂。

在公寓楼前，母亲把小鲍仁卡放进婴儿车里。

"别走远了，看起来天像是要下雨。"母亲嘱咐艾达。

肥胖的女邻居姆列恩科娃太太在童车边俯下身子。手举一片黑面包，涂抹了厚厚的油脂。

"长得真好看。"她说道，嘴里塞满了吃的。

"涂抹得这么油腻，你居然受得了！"母亲很诧异。

"战争年代我们吃不上，现在有得吃。这是自家炼的油脂，我姐姐给的。"姆列恩科娃说道。

突然想起什么，她又说道，"对了，你知道谁去世了吗？那个克莱查科娃。"

"我不认识。"

"肯定认识。那个骨瘦如柴的女人。她年纪还不大，没超过五十岁……"

艾达对死亡的话题不感冒，所以推着婴儿车朝环绕铁路枕木仓库的围栏走去。

收割过的田野里，一群大人和孩子昂起脑袋注视着天空。这是个适合放风筝的好日子。好几只风筝雄赳赳地盘旋在城市上空，特别是那种称作盒子的风筝，传统风筝达不到那样的高度，有些像彗星一样摇摇欲坠，必须拉一拉风筝线，让它们平稳下来。

围栏后面背风。那正是东达和他的老朋友斯塔维诺哈需要的，他们两在做一件危险的事情。

"你好！"艾达招呼两人。

"上帝保佑你。"东达回应，忙得顾不上抬一下眼睛，而斯塔维诺哈干脆没吱声。

"你们在干吗呢？"艾达打听。

"你不是看见了吗？"东达怼他，当着斯塔维诺哈的面，他的表现不像两人在一起时那么真诚。

艾达看到对自己疏远的朋友正在处理弹药。用钳子将弹丸从弹壳中拉出来，再倒出火药，聚集成堆。

他口中咀嚼着什么东西。

"这有威力吗？"艾达问。

"那还用问！"

"那不是很危险？"

"当然啊。"东达朝斯塔维诺哈眨了眨眼，两人呵呵笑起来。斯塔维诺哈手里拿一个尺寸更大的银色弹夹，用橡皮筋固定尾翼舵把。

"你嚼过口香糖没有？"东达问，同时将口香糖从口中拉出来，扯成手臂的长度。

艾达摇摇头。

"斯塔维诺哈，你还有吗？"

"只有半块了。"斯塔维诺哈低声嘀咕。

"给他吧。他从未嚼过呢。"

斯塔维诺哈头上戴一个针织发套，称为十字架。他往耳朵后面摸了一下，把半块箭牌口香糖递给艾达。

"美国的。"东达特意指出，并建议说，"别吞下肚。只是咀嚼，正常在嘴里滚动。"

艾达有生以来第一次嚼到口香糖。这是一种新体验。

"谢谢！"他感激地望着斯塔维诺哈说。

斯塔维诺哈没有搭理。他穿过麦茬地，走向一根生锈的铁管，斜对天空，下面由两个架子支撑着。他最后一次拧了拧火箭的舵，将它从底部插入铁管里。东达在它屁股后面放了一堆火药，然后继续往后撒，撒出一条四五米长的火药路径。

斯塔维诺哈四下打量一番后说："把童车推一边去。"

艾达拉上鲍仁卡往后退到了围栏边。

"它能飞多高？"他高声问。

"一千米，对吧，斯塔维诺哈？"

斯塔维诺哈点点头，伸手从衣兜里摸出火柴盒，一划，将燃烧的火柴扔到火药小道的路端。火苗凶猛地蹿向发射器的速度让艾达瞠目结舌。他瞪大眼睛看着火光在火箭下端亮起，烟雾升腾起来，一切准备就绪，就差推动弹头沿铁管架设的角度飞向天空。所以，当嘶嘶乱叫的弹头最后掉落到地面并恣意乱窜时，艾达大感意外。连"专家"斯塔维诺哈也惊呆了，因难过而面部扭曲。他的射击器眼下像一只被点燃了尾巴的疯狂的老鼠，在地上迂回转圈，跳起来又坠落在地，一头冲入放风筝的人堆里。孩子们指给父亲看不寻常的景象，父亲慌忙扔掉线轴，把孩子抱入怀里，风筝盘旋几下一头扎到地上。火箭在田野里乱撞，仿佛在寻找目标，终于燃料耗尽，喘出最后一口气，躺在地上不动弹了。

在突兀的沉默中，一位父亲对跑向火箭的孩子们嚷道："别碰它！"

而另一位父亲，一个体型壮硕的男人，敌视地望着围栏，然后冲了过去。肇事者赶紧撒腿逃跑。

东达到底是患难朋友，他帮艾达一起推着婴儿车狂奔。逃跑的速度如此之快，那个健壮的男人很快放弃了追踪，在他们身后发出气势汹汹的威胁。

当三个人上气不接下气逃到安全地带时，斯塔维诺哈总结说，也许需要更长的管道或其他燃料。艾达突然停下脚步，眼睛奇怪地鼓起，然后把手指塞进喉咙里，拼命想诱发呕吐。

"他这是怎么了？"斯塔维诺哈一脸懵懂。

"你怎么了？"东达问。

"我把口香……糖吞进肚子里了……"艾达痛苦地回答。

"没关系，哥们儿。什么事儿也不会发生的。"东达安慰他。

"可是已经没有别的口香糖了。"艾达的手指继续掏向喉咙。

"别担心，还会有的，对吧，斯塔维诺哈？"东达伸手拍打艾达的后背。这么一拍，嚼过的口香糖从艾达口中掉了出来。

"太好了！"艾达松了口气。从满是尘土的地上拾起珍贵的口香糖，稍微吹吹，重新放入口中，一脸幸福神情。

下雨了。大滴的雨点砸到婴儿车的毯子上。

"那么再见了。"东达一摆手告别，用子弹壳吹起口哨。

"再见。"艾达说。

年长的斯塔维诺哈自命不凡，端着架子不屑搭理任何人。

家里的氛围温馨，母亲正在为婴孩缝制衣服。左手边是裁剪好的衣片，右手边是完工的作品。当缝纫机没有咯噔咯噔蹬踏时，可以听见厨房里挂钟的嘀嗒声和鲍仁卡的牙牙呓语。艾达就着牛奶在吃母亲做的姜饼，望着窗户上的雨滴沿着窗玻璃恣意流淌。

门厅响起了房门撞上的声音。

妈妈扫了一眼挂钟。"是爸爸回来了，他今天骑自行车上班的，所以回来得比平时早。"母亲满意地说。田园般的氛围就此结束。

厨房门槛边站着一个湿淋淋的怪物，肮脏的淤泥呈条状从他的腰部往上经胸膛直至脸颊，只有眼睛是干净的，那双眼睛冒出瘆人的恼火。

"我的挡泥板弄哪儿去了？"怪物直直盯着自己的儿子质问。艾达无言以对，张着嘴呆呆地望着狼狈的父亲。

"我的挡泥板在哪里？"满身泥泞的人再次发问，边说边走向餐具柜。他疯狂地在抽屉里翻找，可以看见他的后背上也有一条条污泥痕迹。母亲知道父亲在找什么，她从缝纫机上下来，用自己的身体保护住孩子。父亲手举从餐具柜里翻到的最大的木炒勺，艾达吓得弄翻了杯子，牛奶洒在绣花桌布上。

"不能用这个！"母亲叫道，递给父亲一把小一号的勺子。

"法诺什，难道你想把他打残吗！"

40

"不要躲在女人后面，你这个懦夫！"父亲吼道。艾达不想做懦夫，他流着泪勇敢地从母亲身后走出来。苏切克太太难过地捂住了眼睛。

清晨，教室还没有开门，学生们坐在门口的铁栏杆或者自己的书包上。东达正在用口琴演奏名曲《爱的怜悯》^①。

"在所有的战线上！"艾达大声争辩。

"包括德国人吗？"莱尔赫表示不信。

"爸爸说了，在所有的战线上！"艾达坚持自己的观点。

"我怀疑，德国人怎么唱《爱的怜悯》，他们都不会捷克语。"赫拉莫斯塔也加入怀疑者的阵营。

"美国人打仗的时候也唱这首歌，俄国人同样！"艾达断言。

"那日本人呢？"莱尔赫异想天开。

"这我不知道。"

"还有游击队员呢？"

"老兄，游击队员是不能唱歌的，那会暴露自己。"赫拉莫斯塔获胜，所有人都同意他的说法。

东达停止了吹奏，男孩子们纷纷站起来。校工走过来了，身后跟着两个男人：校长和他身边一个三十五岁左右的男子，

---

① 捷克作曲家雅罗米尔·韦伊沃达在1927年创作的流行歌曲。

脚蹬一双擦得锃亮的长筒皮靴，身穿马裤和草绿色卡其布衬衫。横挎胸前的皮带与腰间的同款。学生们的目光纷纷聚焦在新来的男子身上，他一头乌黑的头发梳理得一丝不苟。校工开锁后，男子率先进教室，所有人都注意到他身后别在腰间的左轮手枪和皮质枪套。

当学生们前呼后拥进到教室里，校长宣布说："由于马克索娃老师长期生病，需要疗养，所以作为增援，赫尼斯多老师来到了我们学校。在此对他表示热烈欢迎，我也相信凭借他抵抗法西斯的斗争经历，一定有能力管理好班级并且……嗯，罗森海姆呢？"校长望着窗边第三排空着的课桌。

"他没来呢。"有学生回答。

"并且灭掉那些捣蛋鬼英雄的嚣张气焰，正如我所说，这个班级以顽劣不化而声名远扬。"

校长说完这一番不相关联的话之后，向新老师伸出右手。赫尼斯多将脚跟啪地一并，用力握住了校长的手，力气大得出人预料。

校长看着自己的手，下意识地重复道："顽劣不化。好吧，祝你们好运！"

全班学生起立，目送校长先生离去。

罗森海姆晃晃悠悠地走进学校。

他刚想进教室，留意到紧挨着讲台的地方，有一扇窗户

42

半开着。他猫下腰，脑子里冒出一个主意。他靠近窗框下方，用手指打了个呼哨，随即像一只猫似的溜进门里。

新老师探头窗外，但没有看到任何人。

罗森海姆容光焕发地走进课堂，坚信自己的玩笑很有趣。他报告说："有一个傻瓜在窗下吹口哨，于是我捡起一块石头……"他顿住了，发现班里静默得不同于往常。所有同学都双手放在背后，齐齐望着他。讲台上一位陌生的军人用食指温和但毫不妥协地请他过去。

罗森海姆沿过道朝他走去，脸上仍然没有失去光芒，带着微笑。

"你叫什么名字，孩子？"老师和蔼地问。

"罗森海姆。"

"你迟到了，罗森海姆，你知道吗？"

"就差一根头发丝的事儿。"被问者狡辩。

全班同学刚想笑，赫尼斯多老师仅用眼睛一扫便扼杀住了笑声。他瞥一眼腕上的航空表，黑色表盘上亮着鲜明的荧光数字，说道："迟到四分半钟。"

然后他毛茸茸的手伸向讲台，抽出一件不寻常的东西。一根芦苇教鞭。

"伸出你的手来。"

罗森海姆不敢相信自己身处何种变幻的境地，但他顺从地把手伸出了。火辣辣的一击拍向掌心。

"第二只手……"

罗森海姆乖乖伸出另一只。

"两下因为迟到。"老师解释,示意他调换另一只。

"两下因为在窗下吹口哨……"

"吹口哨的不是我!"罪犯企图抵制。

"两下因为撒谎。"惩罚在第六声鞭笞中结束。

显然这种鞭笞是痛苦的,因为傲慢的罗森海姆眼里闪出了泪花。在返回座位途中他用衣袖抹去泪水,在压抑的哭声中嘟囔说:"体罚是违规的。我要告诉家里!"

"这个男孩说对了!"老师颔首认同,开始在教室里来回踱步,脚上的皮靴不时发出吱嘎响声。

"体罚在我们学校是禁止的。但有一个例外,就是这个班级。在这间教室里,你们把自己的老师逼进了疯人院,所以你们必须接受惩罚,对此教育部有明文规定。如果你们感兴趣,可以去查,284 号法令 C 条例第 45 款。"

一片鸦雀无声,赫尼斯多老师把教鞭掰成拱形,继续教训道:"只要你们有中世纪那样的表现,我就使用中世纪这种工具加以惩罚。虽然我并不愿意这么做,然而为了你们好。在此我们立下一个规矩,你们要为每一次惩罚对我表示感谢,然后我们握手言和,以示我们的友谊没有因体罚而消减。好,现在以这两名男生为例,他们在我讲话的时候旁若无人地聊天。"

东达和艾达两人的掌心都挨了一教鞭。在致谢时，老师伸出右手和他们相握。

五年级的学生凝神屏气，惊讶地见证了眼前的一幕，来不及消受这种冲击。杀鸡儆猴，这是赫尼斯多预设的表演，效果不同凡响。

"在这所学校，学生擅长折腾老师。我也听说，战前，警察要骑着马才敢来你们这个地区，而且要成双出行。相反，我自愿选择了这所臭名昭著的学校，因为我习惯申请上第一线。法西斯我都不惧怕，我为何奈何不了你们。"

赫尼斯多何许人物？他给人留下了深刻的印象。博弈已经走出第一步，人人心有感受。在成年人眼里他会让人生疑，该不是个文质彬彬的骗子？但是五年级的小学生们还没有那样的城府。老师容忍他们拖长课间休息，没有声嘶力竭地抬高嗓门，深思熟虑的话语娓娓道出。昨天还上天入地的捣蛋鬼们一下子规规矩矩，双手背在身后正襟危坐，似乎这种姿势他们很受用。老话说得好，孩子跟哼哼唧唧的猪崽一样，需要约束。

赫尼斯多老师的目光跃过敞开的窗户，一幢伫立在草坪上的黄色单层小楼进入他的视野。一个年轻的少妇正把羽绒被搭晒在窗台上，懒洋洋地抖动几番让被子蓬松。赫尼斯多的视线被吸引了，他头都不回，凭记忆伸手摸向放在讲台上的公文包，从里面取出望远镜。透过望远镜，他看到了黄色小楼里的那位美人，就是两个男孩在卢凯什酒馆见到的抽烟女，是的，她的丈夫，是前来酒馆找她的有轨电车司机。女人已经注意到自己正被人关注，她重新拍打起羽绒被，然后朝学校的方向望过来，脸上迷人的微笑，比清晨的阳光更加耀眼，手掌一次次轻抚羽绒被。再次拍打，再爱抚。这是家庭主妇常做的动作，为羽绒被在夜晚提供的温暖表露她们的感激之情，然而有人也可以将这个动作理解为诱人的邀请。

当赫尼斯多老师在四下打量学校时，孩子们的目光停留在他的腰间，那里别着一个小巧的枪套，带着手枪。老师似乎感应到了身后的视线，他放下望远镜说道："这是6.35口径手枪，小型私人武器。要知道，不是所有的战犯都被捕获了，有些账尚没有算清。"说着，他把左轮手枪从枪套中拿出来，熟练地卸下弹夹。往掌心倒出六颗金光闪烁的子弹，他在课桌之间穿梭，让每个同学都过一把眼瘾。

傍晚时分。艾达踮起脚尖蹑手蹑脚地走过变电站的门房。四周安静极了。一座巨大的自鸣钟如同神龛，悬挂在两个插有员工姓名卡片的信箱之间，时针缓慢而威严地跳动，增添了空间的肃穆。

"你是干什么的？"声音在铺满瓷砖的空间里响起。

"我给爸爸送晚饭。"艾达举起装有饭盒和保温瓶的网袋以证明自己说的是实话。

门卫拎起电话筒，拨了两个号码。

然后听他在说："弗兰塔，你儿子来了，好。"

男孩踏进了厂里的柏油马路。伴随他迈出一步又一步，噪音越来越大。他走近一个铁笼子，变压器如同危险动物般被关押其中。笼子上有红色闪电的警示标志："注意！高压电！有生命危险！"小男孩赶紧躲得远远的。然后脸色亮起来，他看到父亲正朝他走来。父亲接过袋子，闻了一下饭盒，透过袋子的网眼微微掀起饭盒盖子。父子俩沿笼子边缘走开了。

不祥的轰鸣噪音里加入了嗡嗡声，那是用来防止铁笼子里的"野兽"过热的散热风机。

"这些是变压器。"父亲揽着艾达的肩膀说。

"我知道。"艾达点点头，然后犹豫再三对父亲说，"爸爸，那就是你。"

"怎么回事？"父亲不明白。

"他们这么说的，称你为变压器。"

"是的，每个人在工作当中都有绰号。"父亲笑着说，"但这没有什么贬义，不是你想的那样。在我们厂里，变压器是最重要的设备。"

父亲在咆哮的巨人面前停下脚步，"而且它们非常危险。"

"就像你生气时那样。"艾达接口说。

"当变压器需要维修时，工作人员必须走到笼子里。最关键的要先触碰它，测试是否真的断电了。那个人一定是我。你看到那根铁棒了吗？"

艾达看到一根长长的黑棒，固定在墙上。

"我会先用铁棒碰一下变压器。如果没有火光闪烁，就能断定它不带电，可以走近去用手触摸电线。"

在绝缘体附近的导体上，电光短暂地一闪。

"你不害怕吗？"艾达问。

"我害怕，因为万一有电流的话，我会被烧成黑炭。然而当我触摸它并且没有变成黑炭的话，安装人员就可以正常操作了。"

"有人被烧焦过吗？"男孩畏畏缩缩地望着那看似平和实则凶猛的家伙，其致命的杀伤力看不出来，具有很大的欺骗性。

"已经烧焦好几个了。在埃尔维尼策变电站、奥波奇内克变电站……"

见识父亲的工作场所是艾达心里最向往的。他走进宽敞的大厅，大厅中央操作台前相对而坐两个人，就是父亲和斯高坎先生。

"哦，卡米尔，给我送什么好吃的来啦？"斯高坎先生从面前的一堆项目表上抬起眼睛问。

"什么也没给您带。"艾达笑着回答，因为这个玩笑已不是第一次，"而且我也不是什么卡米尔。"

"你一点也不可爱，卡米尔！"斯高坎先生填着项目表打趣道，因为找到了有意思的韵律他欲罢不能，继续说道，"一点也不可爱啊，铁公鸡卡米尔。"

"跟我过来。"父亲说。父子俩绕过 U 形金属操作台，走到小窗前。父亲推开窗户，外面已是苍茫四起的暮色。艾达望向窗外，父亲看着腕表。当秒针指向十二那一刻，父亲按下了按钮。霎时，眼前整个的布拉格城亮了起来。街边的路灯在夜色中连成一条条项链，把黑暗分割成一个个规则的正方形和长方形。

"灯亮起来啦！"艾达不禁欢呼雀跃。

尖厉的哨声刺穿了空气。

被当作操场的草坪上，五年级的学生们在踢足球。用书包、毛衣和帽子堆成球门，赫尼斯多老师当裁判。他不容商量地用食指指向一块草地，让在那里罚点球。男孩子们踢得十分卖力，跑得气喘吁吁满脸通红，个个汗流浃背。

只是裁判并没有像球员们那么专注于比赛。观众们分散了他的注意力，准确地说是一位观众：站在那幢黄色小楼前的黑发女郎，她目光执着地随球而动。赫尼斯多对她微笑，她也报以微笑。赫尼斯多朝她点头致意，她也以同样的方式回应。尽管比赛场地换到了另一边，赫尼斯多依然钉在黄色小楼前。

"我的丈夫是电车司机。"年轻女人直截了当。

"是吗？"赫尼斯多做惊奇状。

"是的。"女人做了个鬼脸，还用右手比画出一个滑稽动作，模仿丈夫转动变速箱手柄的动作。

两个人不约而同地笑起来，视线长久地停留在对方身上，赫尼斯多老师已然对比赛状况不上心了。

"进了！"莱尔赫的喊叫声打断了他。小男孩粗暴地抓住他的衬衫袖子，报告喜讯："老师！进了！三比三！"

"非常棒，谁踢进去的？"老师表现出兴趣。

"图西奇卡。"

"棒极了，图西奇卡！"老师称赞进球的球员，很快让比赛返回球场中心。他在草坪边缘灵活地一蹦一跳，从正面和侧面向少妇展示他的马裤和锃亮的皮靴，最后蹦跳到她的房屋前，问道："他突然回家的可能性不大，对吧？不然会给市政交通造成巨大的灾难，我猜想。"

"您知道的，他必须按交通时刻表驾驶电车。"女人回答，然后直奔主题补充道，"我家里有联合国善后救济总署提供的正宗咖啡。"裁判将哨子往艾达口中一塞。小男孩受宠若惊，尽职地奔向球员大本营。

电车司机的妻子站在电炉前，将煮咖啡的小锅放到加热板上，想尽快让水烧沸。她已经听见水到达沸点时发出的刺刺声，不时有水滴溅落到红通通的炽热的金属板上。

男老师赫尼斯多坐在桌子后面，跷起二郎腿，干净的桌布和立着的花瓶，暗示女主人对客人的来访早有准备。赫尼斯多的视线从下至上在女人身上逡巡一遍，从绒球装饰的拖鞋、精致的百褶裙、白衬衫，直到乌黑光滑的长发，此刻那一头秀发遮住了女人的脸庞。他站起来说道："您这一头美丽的长发啊……"

"头发长，见识短？"女人摇了摇头，头发又被甩回到原位。

赫尼斯多走近女人身旁，摘下她插在头顶部的梳子，梳理起遮掩着她脸庞的卷曲发浪。两人直直地对视，老师继续梳理着黑色的瀑布。

"老师！"罗森海姆和艾达闯进房间，似两枚手榴弹，"是不是手被球击中，不罚点球！"

此时，老师表现出了他的冷血，他头都没有转一下，自顾自梳着黑色的长发，平静地对两颗手榴弹说："如果是手被球击中，无论如何，不罚点球。"

"你看，伙计！"汗津津的罗森海姆对艾达说，两人冲出屋去。到了外面，艾达顿悟刚才目睹了什么。他愣在那里，转头望向黄房子。风吹拂起窗帘，女性的笑声隐隐约约传出来。

"出界！傻瓜！你没看见吗？"罗森海姆推搡他。

艾达回过神，使劲儿吹哨，吹得哨子里的小球卡在了洞口。

东达第一次来苏切克家做客。他在前厅脱了鞋，穿着袜子的双脚好奇地徜徉在光滑的抛光油毡上。如同进到城堡里参观，他四处打量，对什么都心怀好奇。铺着毛绒布罩的沙发上，手工刺绣靠垫一字排开，沙发扶手上的流苏跟土耳其菲斯帽一个样。一幅"收获"图悬挂在沙发上方。

"那是我爸爸画的。"艾达提示。

"他自己画的吗？"

"嗯，临摹了明信片。他什么都会。"

"哇塞！"东达惊叹不已，他在转动一个玻璃球，里面落雪纷飞。

两人压着嗓门对话，仿佛偷偷摸进屋来打劫似的。

餐桌上有一大海碗烤好的甜面包。

"为什么每个面包上有凹孔？"东达心生奇怪。他的观察有道理，每个面包侧面都有一个开口。

"是我用手指头捅的，为了分辨哪些是奶酪馅。我不爱吃奶酪。"艾达解释缘由。

"我倒不介意奶酪。如果你愿意，我帮你消灭它们。"小伙伴说着拿起一个，凹孔里不是深色的李子酱。

"好吧，你吃掉它们。"艾达发话。他把一把椅子拖到书架前，架子上几乎有全套的阿洛伊斯·伊拉塞克①的作品，还有索科尔·图马②、帕拉茨基③的史学著作、卡雷尔·波罗弗斯基④的画、托马斯·伽里格·马萨里克⑤的半身石膏像和阿尔萨斯狗雕像，一整套言情小说。艾达伸手到书架顶层取下一本大部头书，是《家庭医生手册》。这应该是今天两人会面的目的。

《家庭医生手册》被小心翼翼地摊放到毛绒沙发上，两个小男孩半跪在图册前。

"不会有人来吗？"东达不放心地确认。

"爸爸在上班，妈妈带妹妹去看医生了。"艾达宽慰客人，也安慰自己。

"我们也在看医生，只不过是家庭医生罢了。"东达翻着书调侃。

"这是事实！"艾达笑起来，发现了一张裸体男性的页面，可以掀起他的皮肤，显现肌肉组织。然后还可以观察肠道，

---

① 阿洛伊斯·伊拉塞克（1851—1930），第一次世界大战前捷克最重要的作家之一，擅长写历史小说。
② 索科尔·图马（1855—1925），捷克作家、记者、剧作家。
③ 弗兰基谢克·帕拉茨基（1798—1876），捷克历史学家、政治家，被视为现代捷克史学的创始人。
④ 卡雷尔·波罗弗斯基（1821—1856），捷克诗人、记者和政治家。
⑤ 托马斯·伽里格·马萨里克（1850—1937），捷克斯洛伐克首任总统（1918—1935）。

揭开心脏、胃、肝脏……

"男人的身体没什么意思。"艾达继续翻页。

"我也觉得男人无趣。"东达表示。

在神秘、闷热、安静的厨房里，一具赤身露体的女性胴体跃然纸上，光芒四射。

"哦，呃！"东达嘘出一口气。

两人目光灼灼地盯着禁忌之美，一语不发。

"你知道斯塔维诺哈说过什么吗？"东达低语，"他说世界上最大的愉悦是拥有女人。"

"是拥有妻子那种吗？"

"也许吧。"

"我见过我妈妈赤身裸体。"东达自诩。

"我也是，在浴缸里。"

"但那不是一回事。"

"嗯，不是。"艾达同意，把《家庭医生手册》送回到书架上。

东达抓起那个玻璃球问："你喜欢法比安那对双胞胎姐妹吗？"

"喜欢。"

"更喜欢哪一个？"

"那俩长得都一样啊。"

"如果你愿意，星期五晚上我带你去开眼，如果你不恐高的话。"东达神秘兮兮地说。

"我不恐高。"艾达两眼定定地望着他。

"那就好。"东达说着转动玻璃球，再次欣赏里面慢慢飘下的雪花。

　

稠密的雪花从天空落下来，落在学校对面那栋黄色房子的屋顶上，落在草地里，给校舍前的铁栏杆镶嵌了一圈白边。茫茫白雪让氛围变得更为肃穆，赫尼斯多老师的声音听起来如同来自教堂的布道："举国上下一片悲哀，所有的目光投向康斯坦茨。最背信弃义的是西吉斯蒙德国王，之前他承诺保证胡斯的安全，此刻他却亲口劝诫红衣主教不要相信胡斯，要处以他火刑。胡斯完全可以保全性命，只要他收回自己的主张，只要在妥协的文本上签字。然而当所有的证词都是假的，他能那么做吗？那意味着背叛真理，胡斯恰恰为真理而活。他说，我宁愿赴死。"

老师喃喃叙述着那一段忧伤的历史，眼睛凝望窗外。也许他不想看到自己的学生被他伤感的言语打动。他们一个个脑袋低垂，眼里噙满了泪水。

"于是教会宣布胡斯大师渎职，立即剥夺他的教士身份，交给西吉斯蒙德国王处理。国王下令给胡斯头上扣戴一顶可笑的帽子，捆绑到一根粗糙木桩上，活活烧死。"

"王八蛋！"罗森海姆咬着牙咒骂。

"嘘！"老师抑制住教室里的骚动，视线依然遥望窗外，玻璃窗外的大片雪花在恣意起舞，继续说道："当他们点燃了柴火堆，大师引吭高歌，面对死亡毫不畏惧。他坚信上帝会接纳他，把他视同忠实的信徒。随后大风骤然而起，令人窒息的呛人的烟雾比人类更为仁慈，大师很快失去了意识，他的歌声停止了，但他不再是生者。我们永远怀念他，他为自己的信念而死，他告诉我们，告诉捷克民族，人不应该怯懦，要坚守真理，甚至不惜为此奉献自己的生命。"

五年级小学生的脸颊上，泪水潸然滚落，鼻涕吸溜声此起彼伏。老师仿佛意犹未尽，他打开小提琴盒。里面躺着的不是冲锋枪，而是一把真正的年代久远的小提琴，琴身下铺有一层白色粉尘。他把小提琴放到颚下，在琴声伴奏下吟唱起来：

在那莱茵河畔，

火柴堆燃起了，

遥远祖国的儿子行将就义。

你会问，烈焰里的那人是谁，

他是大师扬，最伟大的捷克人……

学校广播站里传出扩音器嘈杂的调试声，赫尼斯多老师厌恶地噤声。校长的嗓音盖过了刺耳的干扰杂音——

"重要通知：天气转冷，严寒即将来临。学校教室门口的铁栏杆是事故常发地。金属物体因霜冻而变黏，触摸尤其是舌头舔这些物体都十分危险。我再说一遍，不要用舌头舔铁栏杆，也不要舔冰冷的门把手。通知结束。"

赫尼斯多的歌声被无情地打断，在校长播报通知时，老师把小提琴放回到琴盒里，继续站在窗前往外张望。他甚至不需要架上望远镜就清楚地看到，黄房子里的女人站在门口，通过右手在演示她丈夫此刻正驾驶电车行驶在布拉格某一条轨道上。

赫尼斯多老师会意地点头。

隆隆的旋转楼梯，咚咚的脚步声，口令，吱嘎作响的镶木地板，刺激的喊叫，这些声音在沃尔肖维策猎鹰健身房里回响。

艾达在爬杆，差一米就到顶了，然而他的力气已经用尽。

"再使把劲！加油！好吧！"底下的教练在朝他喊。

艾达竭尽全力，但瘦弱的体格背叛了他。

他一松手，身体快速下滑，感觉手掌都火辣辣的。

"苏切克，你要加强锻炼，重点练习臂力！"教练吼道。

一声长长的哨声响起。

学生们站到标记线上。

"再见！"艾达胸部一挺跟教练告别。

"再见！"洪亮的嗓音响彻健身房。

东达在健身房外面等候艾达。

"我们有事要做。"他说，"我们只得搭乘公交车。"

昏黄暮霭里两人奔向公交车站。

"我没有钱乘公交车。"艾达摸着衣兜说。

"没关系。"东达笃定地回答。

公交车停在车站，等待发车。司机和售票员站在车下面抽烟。斯塔维诺哈也在。

"嘿，斯塔维诺哈！"东达热情地招呼。

沉默寡言的少年仅伸出两根手指头在十字羊毛头套上比画了一下，然后上车去了，因为眼见司机和售票员已经在脚下踩灭了纸烟。东达没有上车，面对艾达质疑的眼神，他从牙缝里挤出一句话："看我的。"

公交车宛若一个破旧的黄红色盒子，车屁股上架有一块放置备用轮胎的木板，两侧预留有足够的空间。当汽车启动时，两个男孩猫腰往上一跃，车上的售票员无法看到。一切进展顺利，两人在突突的尾气排放声里开心地呵呵一笑。

当售票员卖完车票并一一打卡之后，走到车尾往外张望，一眼发现了两个黑乘客。售票员立刻扯动皮绳，司机听到铃声，踩下刹车制动。公交车此刻行驶在博达莱克姆山的陡坡上。男孩们跳下来，安然逃逸。售票员威胁一番之后，拉扯两下皮绳示意司机继续开车。汽车缓慢启动。两个遁形的黑乘客再次出现，追赶一段路之后重新跳上车。售票员怒不可遏，他疯狂地扯动皮绳，没等车辆完全停稳就冲下车去，撒腿追赶两个男孩，甚至弯腰捡起一块石头。透过后窗玻璃目睹这一幕的斯塔维诺哈被逗乐了，他猛生一念，扯动了两下皮绳。司机赶紧猛踩油门，确保两个捣蛋鬼追不上车。售票员在车下拼命挥手，叫喊道："弗兰塔，别开玩笑了！"一边护着钱袋，在公交车后面气喘如牛地往坡上跑。

男孩们捧着肚子，笑得差点背过气去。在这一刻所有的街灯亮起来了。

"是爸爸点亮的！"艾达欢呼，幸福洋溢在脸上。

天色已漆黑一团。两个男孩抓住墙上的弯钩和管道，沿楼房的垂直墙面往上攀爬。东达第一个爬上去。两人上了屋顶平台。

背靠烟囱，下巴磕着膝盖静坐等待。东达从衣兜里掏出口琴吹起来。对面楼上的窗户亮灯了。一个女人伸出手拉上窗帘。

艾达扮了个鬼脸，东达打手势让他安静。

房间里走进来两个女孩，长得一模一样。她们是法比安家的双胞胎姐妹。东达不再吹口琴。

那个拉上窗帘妨碍他们视线的母亲离开房间。两个女孩给目光灼灼的窥视者展现了一出神奇的更衣皮影戏。有读者会说穿衣服有什么刺激，请不要忘记，无缝丝袜在那个年代尚未问世，每一位女士，当她要出行时，必须展示自己优雅的体操般完美的转身姿势，一条腿往后舒展，审视腿上那道丝袜接缝是否笔直。连裤袜在那个年代人们的意识里，属于孩童的穿戴，而女人则会小心翼翼地将一只脚踏在椅凳上，温柔地将长筒丝袜慢慢往上翻卷，直至连上吊带。

眼前这惊心动魄的一幕，让两个在凛冽寒夜藏身烟囱后面瑟瑟发抖的男孩大饱眼福。

等对面窗户的灯熄灭，两个男孩迅速爬下楼，在母女仨出门之前赶到传达室。双胞胎姐妹的手指尖揪住长裙下摆，免得在去舞会的路上，裙摆一路在地上拖曳。

"晚上好！"男孩们吼道。

"晚上好！"母亲回应。姑娘们对自己刚在楼上满足了迎面而来的这两个男孩的欲望盛宴毫不知情，先后招呼道："你好！"

姑娘们正值十六岁花季，凭借门房上方暗淡的灯泡光线也不难判断，姐妹俩长得很养眼。

东达伸手在学校厕所的水箱里一通搅和，直到触摸到魔术师的铁环。

"我觉得这没啥意义。"东达·切伊卡说，看着手里环环相扣的铁环。

"胡斯为真理而死！"艾达回答，带着责备的语气。

两个男孩在电话亭里研究一本破烂不堪的电话簿。

"也许不是他呢。"东达表示怀疑。

"穆拉泽克·约瑟夫，魔术师。不是他的话就不会标注魔术师。"艾达合上电话簿，推开了电话亭的活动门。

没过多久，艾达和东达已经站在霍列绍维采的一栋回廊公寓门口。

"我觉得这没啥意义。"东达再次重复，然而艾达已经抓住了门环，门框里写着：请摁一次门铃！

魔术师穿着睡衣走来给他们开门，一副从醉生梦死中脱身的模样。

"先生！"艾达下定了决心开口道，"我的朋友向您承认错误来了，他偷了您的道具铁环，现在来还给您。"

东达将藏在背后的铁环拿出来，交给魔术师。穆拉泽克先生露出尴尬的神情，他扫了一眼自己丢失的装备，又打量一番眼前两个"不速之客"。

"稍等。"说着，他转身走进房间里。

"把他们拿下。"男孩们听见了他的低语，不觉相视一笑，天真地以为魔术师在室内正将铁环交给某个人，或许是他的妻子，接下来也许会邀请他们进门，让妻子亲眼见识这两个诚实守信的少年。然而，与第一句话的平和语气不同，魔术师第二次喊出"把他们拿下！"听起来像是不可抗拒的命令。随着这一声令下，从屋里冲出一条睡眼惺忪的大狗，直奔男孩而来，凶神恶煞一副被打扰了睡眠的模样，大黄牙龇着仿佛能横扫眼前的一切。

两个男孩惊骇得瞪圆了双眼，慌不择路地逃向门外的回廊。犬吠声中夹杂着魔术师的怒吼："这些王八羔子！手脚肮脏的讨厌鬼！你们知道买一副新铁环花了我多少钱吗？！"

冲到大街上，大狗才停止追赶，冲狼狈逃窜的两人一通怒吼。

"……告诉他真相是愚蠢的决定！"东达上气不接下气地说。

"不。我们要像胡斯一样坚守真理。"艾达幸福地大口喘气。

校工着急忙慌地点火与狂奔的脚步，都佐证了喷灯吐出的火舌在此刻多么重要和迫切。

五年级教室前的铁栏杆扶手旁，校长在喊叫："别乱动！谁都不许乱动！"

这里正在上演一幅骇人的场景：罗森海姆、东达和图西奇卡跪在雪地上，身边围满好奇的看热闹的学生。他们三人的舌头因被结了冰的铁栏杆粘住，被迫耷拉在嘴外。赫尼斯多老师也在现场。他一只手试图温暖结冰的扶手，另一只手抵着图西奇卡的头，乍一看仿佛是图西奇卡被迫跪在这儿舔栏杆呢。

校工来到了悲惨的"案发现场"，在校长的指示下将点火器对准被粘的罗森海姆的旁边区域。火焰喷出的嗡嗡声让罗森海姆大惊失色，他抢先强行扯下粘在栏杆上的舌头。舌头撕破的疼痛让罗森海姆大声哀号，朝雪地里吐出一口血，疼得直跳脚。

"软弱的胆小鬼！"赫尼斯多老师毫不留情地鄙视。他冲图西奇卡的耳边喊道："你睁大眼睛看！如果无法克服恐惧，也是这副熊样！"

图西奇卡抬眼瞄了一眼罗森海姆，效仿他，也在扶手上留下一块被粘住的舌黏膜，果然加入了罗森海姆的跳脚行列。

"别怕火，孩子们，这是为你们好。"校长好心建议。

只有东达一人忍住了恐惧。在他脑袋和喷灯喷出的火焰之间用书包隔开了，冰冻的栏杆扶手上的白霜渐渐消失，这最后一个被粘住的倒霉蛋将舌头从栏杆上不受罪地收回了。

"真希望我没有提醒过他们！真希望我没有警告过他们！"校长哀叹道，"不然怎么会发生这种事！东达，难道你没听到学校广播吗？"

"听到了。"东达回答，恰好他将舌头收回到上下牙齿之间时，校长给了他后脑勺一巴掌，他差点儿将舌头咬下来。

这下东达也开始跳脚了。

"这还是学校吗？这简直就是新新惩教所^①！"校长如释重负，弯下腰捧起一把雪，抹去了栏杆扶手上残留的舌黏膜痕迹。

在校长室里，校长嘱咐赫尼斯多老师说："时刻注意这几个捣蛋鬼，我的同事，所有的教育指南在他们身上都会碰壁。这些男孩的行为出人意料，又诡计多端！另外，您还得要关照一下往届的学生。有一天在街上两个以前的学生基希和波图日尼克，两人主动跟我打招呼。这当然是件令人开心的事，我竟然愚蠢地和波图日尼克交谈起来，问他工作是否顺利，没想到基希在我背后一把将我抱住，让波图日尼克伺机推我。"

"我觉得，校长先生，"赫尼斯多老师开口道，脸上的表情波澜不兴，佯装校长的故事并没有让他乐得发颤，"您不应该在校园广播里说这些危险的事例，只需提醒孩子们注意就足够了。毕竟这个年纪的孩子什么都敢试……"

"什么都敢试！拜托，我的赫尼斯多老师，如果我警告他们别喝盐酸，说它会腐蚀内脏。您觉得，他们会去喝吗？"

"这我说不好。"赫尼斯多回答，"但我在学校广播里

---

① 美国纽约州矫正与社区安全部所辖的最高设防监狱。

64

不会说这种事。"

在卢凯什啤酒馆门前，艾达将水罐里的水倒在人行道上，转身走进喧嚣的酒馆里。手风琴师费尔达·卡夫卡坐在玻璃橱窗后面，龇着牙。

艾达环顾烟雾缭绕的酒馆，几乎什么都看不清，但他瞥见了赌牌桌旁的老切伊卡先生，立刻在他身边看到了坐在椅角上的东达。

"嘿！"两个男孩互相打招呼。艾达在店主卢凯什先生往他的水罐子里注满混合酒之前，拨开人群走向自己的好伙伴，两人一起看大人们打牌。这是老切伊卡和卡夫卡先生的牌局，卡夫卡先生的手风琴搁在身旁的椅子上，他一脸丧气，直摇头，又开始一轮发牌。

"爸，你该回家了。"东达提醒父亲，从他的口气能听出来，这不是第一次催促。

"一边儿去！"切伊卡先生像驱赶苍蝇那样对儿子说。

"妈妈让我来把你带回家去。"

"你会输成光杆司令，卡夫卡！"拿一手好牌的切伊卡对卡夫卡威胁道。

东达在艾达耳边低语几句，艾达看向赌徒切伊卡的手指头。他无法相信自己看到的一切：覆盖在桌面上的塑料桌布下有一条缝隙，切伊卡先生在出老千，那里还藏有一张牌。

"上帝啊，你怎么总能抽到大王，真是让人抓狂。"毫不知情的风琴手哀叹道。

两个男孩交流了眼神，艾达被这作弊行为惊呆了，东达则无可奈何地耸耸肩，满心欢喜地将手指头划过一旁的手风琴。

一个身着黑外套、白衬衫，打着黑领带的男人走进酒馆。他的头发梳得纹丝不乱，发丝还是湿的。艾达认出来，那是布里哈先生，从他一脸毫无生气的表情，艾达立刻猜出了几分。

"嘿，看哪！"切伊卡从牌局分神，欢迎布里哈道，"又出问题啦。"

"你说对了！"布里哈先生苦涩地认同，一身打扮好似下一秒就要躺进棺材里，"我甚至觉得我都走不到这儿来。"

"那就喝一小杯继续上路吧，西里尔老兄！"

"我必须来一小杯，我的心脏跳得发狂。"布里哈跟店主要了一小杯黑麦威士忌，仰头倒进嘴里。

老板卢凯什给艾达的酒罐灌满酒，艾达付了钱。

东达和他一起走到街上。

"想玩点儿刺激的吗！"东达环顾四下看是否有人，从兜里掏出一卷电影胶卷，"拿着。"他对艾达说。

艾达对着街灯的光源展开胶卷，但还没来得及看清胶卷上的内容，东达就已经在垃圾桶里找到一小块报纸，熟练地借助食指又一次将胶卷紧紧地卷成小卷，包裹在报纸里。

仅仅犹豫了一小会儿，东达返回到垃圾桶旁。他将垃圾桶滚挪到酒馆入口处，欢喜地发现垃圾桶恰好跟门把手的高度一致，一如他所期望的那样。

现在门把手动不了了。东达又一次环顾四周，在现场没有发现见证者，然后他点燃电影胶卷，胶卷瞬间熊熊燃烧起来。东达飞快地将火焰一脚踩灭，男孩子们心仪的慰藉之物便横空出世了，亟待完成它的使命——一大团嗞嗞作响、泛着青蓝色烟雾、散发出刺鼻气味的残留物。东达迅速将它塞进酒馆门缝里。

"等着瞧吧，看你还回不回家！"东达说罢，两人迅速逃离"作案现场"，一通狂奔，艾达的啤酒都洒到人行道上了。他们跑到烟草店后面才停住脚，从那里观察被"烟雾袭击"后的酒馆里的动静。

最初传来阵阵咳嗽和咒骂声，然后是疯狂拍门的声音。后来厨房的窗户被推开，从中涌出一团团黑烟。酒馆隔壁大楼里，趔趔趄趄走出一位脚穿拖鞋、手拎酒罐的老先生。

"今天这烟雾太浓稠了，都散不开！"老先生纳闷。

被烟熏得眼泪汪汪的店主卢凯什，咳嗽不止，顾不上搭理他，从窗户跳了出来，冲到酒馆入口处。他一把推倒垃圾桶，打开了门。酒馆里的其他客人尖叫着蜂拥而出。

"都是你们抽烟太凶了！"老人责备道。

"是谁干的？"卢凯什拼命摇晃他质问，但老头一脸迷茫。

"我以为我今天大限已到！"穿着葬礼衣服的布里哈先生捂住胸口，贪婪地呼吸新鲜空气。随后，迷雾中走出卡夫卡先生，没有背手风琴，跟在他后面的切伊卡先生倒是怀抱手风琴，他呼喊道："东达，快来看，爸爸用扑克牌为你赢来了什么！手风琴！珍珠音阶的手风琴啊！"

春日正好，正午的太阳晒得人懒洋洋的。法比安家的双胞胎姐妹在这昏昏欲睡的春午时分，在学校旁边的小道上施施然而行。这一对来自郊区的少女，并非那种楚楚可人的娇美之人，但是请注意，她们也绝对不丑，在十六岁的花季长得正好，热爱自己的青春韶华，并因此蠢蠢欲动。

姑娘们被校舍窗户里传来的小提琴声吸引。也许不知道这是德沃夏克的《诙谐曲》，然而这个曲子她们喜欢，不由得走向教室敞开着的窗户前。赫尼斯多下巴夹着小提琴向她们示意，并微微一躬身子表示问候，其间并没有停止演奏。于是双胞胎靠得更近些，将胳膊肘支在窗台上。全班男生转过头来，令她们得意而有些扭捏，然而目光专注地盯在老师身上。两双沉醉的眼睛里，透露出对生活肆意和好奇的神色。

看到自己的偶像来访，艾达和东达也十分激动，而且老师演奏的《诙谐曲》令他们激情澎湃。此时老师突然停下来，招呼道："进来吧，姑娘们，坐到我们中间来！"

老师用琴弓指了指座位，这句话让两位姑娘受宠若惊，无须催促马上坐到了刚为她们腾出的最后一排。

"我们来说一说安东尼·德沃夏克。"赫尼斯多开始讲课，从这一刻起，仿佛他所有的解说都是冲那两位浑身散发着女性气息的姑娘而去的。她们穿一样的衣服，露出一样的迷人笑靥，腋下露出一样的红绒毛。

"对于捷克民族而言是多么的幸运，德沃夏克没有成为屠夫，如他父亲所期望的那样，而成为作曲家，一位征服世界的作曲家。在美国，姑娘们，还有小伙子们，那个他应邀前往的地方……"

老师突然被一阵抽抽噎噎之声打断，是吉卜赛小家伙拉卡托斯在哭泣。

"你怎么了？拉卡托斯？"赫尼斯多关切地问。

拉卡托斯的眼泪似乎和德沃夏克以及他的音乐都没有关联。

"他们说，吉卜赛人和德国人是一伙的！"少年断断续续地说。

"谁说的？"

"他们都这么说！"拉卡托斯的眼泪糊满了黝黑的小脸蛋。

"在我们的游击队里，"赫尼斯多开始在教室来回走动，"有一次面临一项艰巨的任务，在山谷中阻止德军的摩托车部队。来自斯洛伐克的吉卜赛小伙拉约什主动请缨，他对我说：'队长，我脸上的肤色黑，这在山石间是很好的掩护，请把榴弹发射器交给我吧。'事实证明，小伙子们，姑娘们，他击中了法西斯大老虎的要害。吉卜赛人是了不起的勇士，可惜，那么多的吉卜赛人惨死在集中营里。"

拉卡托斯棕色的眼睛得意地环视教室一圈，老师再次把小提琴垫到下巴底下，拉了几下琴弦试音。

"如果你们有谁感兴趣，可以找我来学小提琴。如今女乐手同样能在交响乐团里演奏。"赫尼斯多冲双胞胎姐妹眨了眨眼。

艾达举手报名说："我想学！"

赫尼斯多的眉头蹙成一团，左手激情洋溢地震颤，他在演奏德沃夏克的广板颤音调，拉得极其投入。一曲终了，一位听众忍不住鼓起掌来，那是艾达的母亲，她在电炉旁聆听了整场音乐会。

"太美了！听得我热泪盈眶！"她一边说一边用毛巾擦拭眼泪，"艾达，将来你也要拉成这样才行。老师先生，您怎么看，孩子有音乐细胞吗？我怎么觉得，他总也拉不像样。"

"他有天赋，耳朵也很灵，只需要下功夫，练习再练习。"

赫尼斯多安慰她。

"听见没有？"苏切克太太朝坐在桌边的艾达点头示意，艾达正架着四分之三大的小提琴，面对支在餐桌铁锅上的马拉特练习曲谱出神。

老师用弓尖指了指练习曲谱，艾达开始演奏《当我去牧鹅时》①，苏切克太太说得没错，小提琴吱呀吱呀的确不成调。

在这吱呀声中，赫尼斯多的眼睛始终在苏切克太太身上转悠，两人的眼神稍有碰撞，女人马上惊慌地躲开，揭开锅盖，假装在灶台上忙活。老师的视线却执着地聚焦于她，当他们第二次对视时，苏切克太太跑去轻轻推开卧室的门，好像她感觉到小鲍仁卡醒了。在她小心翼翼地关上房门时，她无声地向老师表示，一切都好，小女孩还在安睡。当她确定赫尼斯多的目光盯在她身上时，便手足无措起来，只好垂下头，多此一举地搅动锅里的汤。

暧昧让赫尼斯多吃了苦头。艾达可能过于激动，居然磕磕绊绊拉完了一首曲子，在拉最后一个音符时一发力，琴弓直接从赫尼斯多的眼皮底下戳过去。

"小心点！艾达！你差点儿戳到老师的眼睛！"妈妈一边训斥儿子一边关心地俯下头问赫尼斯多："您没事吧？"

"没事，年轻的夫人。"两人的目光如此近距离地对望，

_____

① 捷克民歌。

让赫尼斯多喜出望外，他也非常享受苏切克太太拿手帕轻抚他脸上被戳到的地方。

"大家下午好啊！"下班回来的爸爸高声嚷道，"小提琴进展如何？"

"老师的眼睛差一点被戳伤！"母亲解释自己过于亲昵的举止。

"我不是故意的，爸爸。"艾达为自己辩解。

"没关系，拉琴时兴致激越所致。"老师说罢，两个脚跟一并，向父亲伸出了右手，"我是伊戈尔·赫尼斯多。"

"苏切克。"爸爸自我介绍后，坐到餐桌边自己的固定位置上。

艾达收拾乐谱和锅，妈妈端来了热气腾腾的汤盆。艾达咽下鱼肝油，将肩膀套进背带里。

用餐时对话也开始了，艾达用心地倾听。

"我很荣幸，您愿意受邀来教艾达音乐。"爸爸感激地说。

"这是必要的，汤非常出色。"赫尼斯多既回答了父亲的话，也赞扬了母亲的厨艺。

"我真高兴，既然如此，您再喝点！"母亲涨红了脸说。

"您是怎么看待政治的，老师？"父亲不想放过机会，和新客人讨论自己感兴趣的话题。

"您指的是国际形势？"老师敷衍道，掩饰此刻他全部的兴趣被母亲和她烹制的汤所吸引。

"都可以！我将捷克斯洛伐克看作一座桥。"爸爸很内行地表达。

母亲很忐忑，通过为老师添汤来使自己平静下来。

"谢谢，汤很美味，但是谢谢了。"老师用手罩住汤盘表示不再添加。

"架在东西方之间的桥。"父亲继续说，看似他想以对话形式探讨政治局势，最终他好像在自娱自乐。

"俄罗斯可以向我们学到民主，因为他们从来都没见识过民主，而西方呢，可以我们为例证，看到自由和社会主义，怎么说呢，在同一个屋檐下并存。"

"老师刚才说，艾达需要一个乐谱架。"母亲试图转变话题，然而枉然。

"现在我们可以向全世界展示，只要我们愿意，我们这个小而勤奋的民族可以做成什么，在别人不加干预的情况下。"父亲继续自说自话。

"这样他就不必用锅来支撑乐谱了。"母亲仍不放弃。

父亲意识到了，但依然不肯偏离进一步的政治分析。

"我听到了，乐谱架。斯大林明确说过，你得到什么，取决于你做了什么，所以不必担心被俄罗斯所干涉和操控。德国被毁了，它一时不可能崛起。所以我认为，等待孩子们的将是一个美好的未来，他们将有机会去旅行，去认识世界……"父亲预言道。

艾达成功把一只苍蝇抓到手心里。他把攥紧的拳头凑近耳边，倾听被禁锢的苍蝇在嗡嗡地挣扎。

下课铃响了。

赫尼斯多老师将东西塞入公文包。将高高的一大堆作业本分成两摞，分别装进两只网兜里。全班学生都知道，这意味着什么：老师将需要两名志愿者，帮他把作业本提回家。大约有十名学生主动请缨，他们的双手高举过头顶，身子往前倾，乞求道："拜托！这里！老师，叫我吧！叫我！"

老师的目光在志愿者之间来回逡巡，最终停留在图西奇卡和莱尔赫身上。如同两只快乐的小狗，男孩子颠颠地跑向讲台，一把提起了网兜。

学校门前，双胞胎姐妹鲁蕊娜·法比安和克薇塔·法比安正在四下张望。

"耶，下午好！"两人装作意外地在此遇见老师。

"姑娘们，下午好！"老师亲切地回应。

"如果您愿意，我们帮您拿这些作业本呗。"鲁蕊娜提议说。

"对啊，尽管让我们来拿好了。"克薇塔帮腔。

"谢谢，姑娘们，我已经有可靠的帮手了。"赫尼斯多说着，继续往前迈步。

黄房子里，黑发的电车司机妻子走出来，靠在门框上看热闹。

"反正我们无事可做。"鲁蕊娜不依不饶，边说边去夺图西奇卡手中的网兜。图西奇卡坚决地一把推开。

"这是实话。反正我们无所事事。"她的姐妹冲赫尼斯多老师的另一只耳朵请求。

实在很难抗拒。然而赫尼斯多好像担心什么似的，犹豫地摇摇头，表示不可以。

直到两个女孩挡住了他的路，热切的眼神紧紧盯着他，乞求道："老师……"

赫尼斯多老师受不了了，对两个志愿者说："小伙子，下次吧。"

在图西奇卡和莱尔赫恼怒地将网兜转交给老脸皮的双胞胎姐妹那一刻，从黄房子的门里传来几声重重的咳嗽。老师朝咳嗽的方向转过身去。黑发女人用左手将瀑布般的长发撩过肩膀，右手模仿电车司机的挂挡动作。

然而赫尼斯多老师报以歉意的微笑，将食指点了点腕上的航空手表，委婉地表示拒绝，并轻柔地朝女人挥了挥手。然而女人没有回应。这个屈辱的情妇抱住双臂，转身砰地撞上了门。

图西奇卡和莱尔赫失望地走向装甲车残骸。老师和双胞胎姐妹的身影被扬起的尘土包裹起来，在他们身后一辆摩托车驰来，色彩斑斓的侧挂车斗里，竖着一块招牌：冰激凌——瓦内克。

特鲁内奇克娃，这是电车司机妻子的名字，她躲在窗帘遮掩的窗户后面注视良久，然后擦去眼泪，掀掉了铺在桌上的毯子，之前她正在上面熨烫衣服，从抽屉里拿出钢笔、墨水瓶和信纸。她眼中的悲伤云翳现在被燃起的报复决心所覆盖。

在冰激凌摩托车四周，一群孩子围拢过来。瓦内克先生还觉得人数不够多，一个劲儿摇着头顶上的铃铛，希望招徕更多的顾客。男孩子们翻遍了身上的衣兜，把零钱凑到一起。

"我这里有巧克力味的冰激凌！"瓦内克先生热情招呼，掀起了盖子。盖子下面的洞口冒出了冷气。

"他又撒谎！"图西奇卡宣称，他正和莱尔赫往装甲车上爬，驾驶室里，东达和艾达坐在里面，正舔着覆盆子冰激凌。

"谁？"艾达问。

"老师啊。爸爸说，他不可能既是伞兵、游击队员、政治犯，然后又是装甲车的指挥官。"

"老师不会撒谎的，"艾达反驳，"不然他就不是老师了。"

东达一本正经地声援他："他们先把他扔进了敌人的领地，用降落伞，在黑夜里。于是他躲进树林里，加入了游击队的……队伍。然后他被俘虏，关进了集中营，然后他逃跑了……"

"逃跑!从集中营里逃脱!没有人能从集中营里逃出来的,傻瓜!"图西奇卡对东达的无知嗤之以鼻,"集中营周围布满了通电流的铁丝网。"

"他可以挖一条地道出来啊,白痴!"东达拍了拍额头。

"没错!"艾达松了一口气,因为老师的战争历险记没有露出丝毫破绽,"他挖了条地道逃出来,在革命时期成为装甲车指挥官。"

"这是给婴儿讲的童话故事吧!"图西奇卡坚持己见,"我爸爸正巧在集中营里待过,如果可能的话,他应该也会挖一条地道逃出来,对吧?"

"既然他可以佩带左轮手枪,我们的老师,他一定英勇抗战过!"艾达打出了手里的王牌,期待东达附和。

"当然了!"东达应和道,拨了一下方向盘,佯装转了个弯。

"他撒谎。谁知道战争年代他做了什么呢?"图西奇卡仍然不依不饶。

艾达已经忍无可忍,吼道:"图西奇卡,你这个浑球,你必须收回这句话!"说着,扑向那个怀疑论者,刚吃了一半的冰激凌从手里飞了出去。

"我就要说,就不收回!"图西奇卡理直气壮,绝不妥协,因为他了解,艾达虽然倔强,但动起手来压根儿不是他的对手，收拾他小菜一碟。果然如此。艾达一秒钟就从进攻者变成绝望的防御者。图西奇卡凶狠地掐住了他的脖子，艾达·苏切克瞪圆双眼，沙哑地喊道："收回你说老师撒谎的话！"

东达看不下去了。

"让他收回自己的话，谈何容易，你这傻瓜！"东达说着，也出手勒住了图西奇卡，"只有这样他才会收回他的话！"

图西奇卡的双眼也从眼窝里鼓了出来。莱尔赫发现，自己是唯一没有参战的人，于是他扔掉了手里的冰激凌，跳到他们之中，从各个方向开始进攻。几个男孩的肢体在装甲车的两排座椅之间扭打成一团，这块地方最先是设计给德国士兵搁脚用的。

"小伙子们！我需要两个可靠的信使。"教室里响起赫尼斯多老师的声音。他站在课桌前，右手紧握一个信封。

几乎所有的男孩都觉得自己是可靠的信使，个个跃跃欲试，场面十分踊跃。

"这封信需要在十二个小时之内送到位于雅罗夫的齐兹科夫小学，并且要用印第安人的方式送达。知道这是什么意思吗？"

"走一百步，跑一百步！"全班男孩齐声吼道。

"这封信非常重要，所以要求送信的人身强力壮，并且懂得在野外辨识方向……"赫尼斯多老师说得全班都急不可耐了。

所有人都身强力壮，并且懂得在野外辨识方向。老师在高高举起的如林的小手之间穿梭，最终选中了两个最可靠的男孩子。一个是艾达，另一个是东达。

"书包等学习用品留在教室里，我会在此等候，直到你们带着回信回来。"老师的话掷地有声，两个送信员离开了课室，用印第安人的方式，而且是跑步的那部分。

伴随着惊心动魄的嗡嗡嘶吼，一股浓密的白烟像喷泉似的喷涌上来。火车机头刚从高架桥下驶过。两个颤颤巍巍抓住大桥栏杆的小男孩，在旋风中迷失了方向，这股旋风是从火车头的烟囱口喷出来的。他们闭上了眼睛，为这地狱般的经历开心地喊叫起来。

火车开得很慢。它负载过重，拖着长长的车皮，使得喘着粗气的蒸汽机勉为其难。烟雾消散之后，艾达朝下面满载木板的车厢吐了一口痰，与此同时，东达发现，后面还有一节节装载沙子的车厢。

"我们坐火车去吧！"他倏地闪过一念，然后翻过高架桥护栏。

"去哪里？"艾达吓了一跳。

"去齐兹科夫啊！快！现在装沙子的车皮要来了！"

"万一这趟车不到齐兹科夫呢！"艾达嘴上怀疑，却也翻过了护栏。

"它能开到哪里去呢？这些铁轨就是通往齐兹科夫的！"

"我有点儿害怕。"艾达坦承。

"抓紧我！"

艾达一只手抓住东达，另一只手抓住栏杆，瑟瑟发抖。

桥下驶来了第一节装有三堆沙子的车厢。

"现在往下跳！"东达下令，但是艾达把他拉了回来。

"胆小鬼！我自己跳了！"东达嚷道。

"别！"

"我跳了！"

"那我也跳！"艾达答应。第二节车厢露头了。东达松开了栏杆，艾达闭上眼睛，也撒了手。

幸运的是，两人刚好摔落在松软的沙堆上。精疲力竭的艾达因为害怕，继续躺在沙堆上一动没动，一边急剧地呼吸，一边看着大桥的弧形轮廓逐渐远去。

火车加快了速度。这两个蹭车的乘客很快做出判断，坐在沙堆顶部不是明智的选择，因为轨道旁边尽是来回走动的铁路工人，没少好奇地打量他们。于是两人躲到了车厢的角落里，小心翼翼地往外张望，以免坐过齐兹科夫车站。

过了一段时间，东达发表高见说："我觉得，我们不是在朝齐兹科夫走。"

为了降低自己这句话的耸人听闻度，他从容地在沙堆里刨着一条隧道。

"那我们到底在往哪里走？"艾达立刻警觉起来，不免忧心忡忡。

他的伙伴耸了耸肩，继续深挖隧道。

"我们可以在最近的车站下车。"艾达提议。当他从车厢护板往外看的时候，他喊起来，"看，布拉格—霍斯迪瓦什车站。"

火车穿过车站，发出愉悦的汽笛声。

"我们忘了，货车是不怎么停站的。"东达平静地坐在一旁，双手整个手肘埋在隧道里。

"不停站？"艾达惊叫起来。

"假如刚才我们经过的是齐兹科夫火车站，这趟车同样也不会停，所以，这事儿我们不必遗憾。"东达安慰他。

"这倒是事实。"

站台上霍尔尼·梅霍卢皮站的标牌一闪而过。

"但是它肯定要停车的。"至少这一点让艾达提起的心能落下去。

"那当然。在信号灯变红的时候，或者煤炭烧完了。"他的朋友平静地说，他的平静让艾达神经紧张。火车又一次兴奋地吼叫起来，艾达爬到沙堆表面，朝前张望。然后他沮丧地说："煤车里的煤还是满满当当的。"

"火车时不时也得补充点儿水吧。"东达猜。

"这倒是真的！"艾达点点头，看得出来，水让他高兴起来。

乌赫里聂村庄的标牌一闪而过。

"看，这里有个水泵！可以在这里上水啊！"明显不开心的艾达像是在抱怨。

"火车的水箱一定特别大。我觉得，它能支撑一百公里。"东达似乎对自己朋友的忧虑幸灾乐祸，故意要这么说一样。

"一百公里！"艾达向后仰倒在沙堆上，一动也不动地躺在那里。

火车驶入了一片风景旖旎的原野。

红绿灯闪了闪，发出了"停"的信号。

尖厉的刹车声传来，导轨速度放缓了，火车停在了田野里。两个男孩跳下火车，穿过耕地朝公路上跑去。最后一节车厢的休息室里，有个工人朝外探头看了看，想不明白这是怎么一回事儿。

"您好，这里是贝内绍夫邮局。"邮局女职员在打电话，"是雅罗夫学校吗？请您找梅尔乔娃老师。好的，过五分钟我再打过去。麻烦您请她不要离开，这是一个非常重要的电话。谢谢您。"

打电话的时候，女职员一会儿瞄一眼挂钟，钟上显示十一点四十五分，然后又看看两个男孩，他们坐在电话亭旁边的长椅上，在研究一封信。

"那么，小伙子们，五分钟之后你们就能和女老师通上话了。"女职员在柜台后面和蔼地说。

"感谢您。"艾达很有礼貌地致谢。

"是什么事情如此重要，让你们这么着急？"女职员满心好奇。

"我们不能透露给任何人。"东达说。

"除了她。"艾达补充。

"好吧。"女职员点点头，专心忙起自己的工作。男孩们再次低头看信。

"我认为这是密码。"东达低声猜测。

"更可能是秘密口令。"艾达揣摩，再次埋头研究手里的秘密电报——

保持处女意味着不会绽放！今晚存在另一种选择。无痛的伊戈尔。附注：当即回复。

"孩子们，去通话间吧！"女职员通知他们。

当男孩们关上通话间的门之后，事实显示女职员是个温柔然而好奇的女人，因为她也把话筒贴近了自己的耳朵。

"喂，您好！"艾达对着话筒说起来，"老师，我们有一封信交给您，是我们的老师，赫尼斯多老师写的。可是我们来不及给您送过去了，所以我们读给您听。信是这样写的：保持处女意味着不会绽放！今晚存在另一种选择。无……无痛的伊戈尔。附注：当即回复。喂？老师，您在吗？喂？"

艾达把接听话筒挂了回去，失望地说："她甚至都没有感谢。"

当男孩们经过柜台往外走时，女职员仍然没有从震惊中恢复过来。

"那我们走啦。"东达说。

"是的。"女职员点点头，脸上带着奇怪的梦幻般的微笑。

"谢谢您！"艾达说。

"是的。"女职员再次点点头。

当男孩们走出邮局大门时，包裹柜台的男同事拍了拍她的肩膀问：

"他们付钱了吗？"

"没有。"女职员回答，依然一脸茫然的微笑。

戴在伊戈尔·赫尼斯多汗毛浓密的手臂上的黑色航空表显示三点钟。老师在空无一人的教室里不耐烦地走过来又走过去。窗边第二排课桌上的两只书包在等待它们的主人。

与此同时，一辆自由牌拖拉机正往山坡上踽踽爬行。堆放在后面的面粉袋子上坐着东达和艾达。

老师继续在课桌间来回踱步。他手持教鞭，若有所思又漫不经心地对第一只书包拍击了一下，接着是第二只书包，然后扬鞭朝空中轻轻挥舞。

一辆布拉格牌中型卡车运载着褐煤。东达和艾达坐在煤桶中间。

赫尼斯多老师坐到了讲台后面，开始擦拭拆卸开的6.35口径左轮手枪。这时他听见敲门声。

"请进！"赫尼斯多抬起头。

苏切克夫人走进来。

"您好，老师先生，希望您不会见怪，可是艾达没有回家吃午饭。因此我来问一问，他是否滞留在学校里了。"

苏切克夫人的视线落到了儿子的书包上。

"还没有放学，我让他们去齐兹科夫送个重要的口信……嗯，学校方面的。他们早就该回来了。"老师沿书桌之间的过道迎向学生的母亲。

苏切克夫人将手放在儿子的书包上。她颤抖的手指抚摸着油腻的书包提手。

"他不会出什么事吧？"

"对此我表示怀疑，更可能的情况是他们在某个地方迷路了。"

苏切克夫人的眼里涌出泪水。

"我很害怕。我曾经失去过一个孩子。"

"我知道。我知道。"赫尼斯多轻抚女人的头发以示安慰。

苏切克夫人将脸埋进老师胸膛，绝望地说："他不会出什么事的，对吧，老师？"

那一瞬间，教室门被推开了，事先没有敲门，两个失踪者闯进了教室。他们上气不接下气，身上既沾了面粉，又有煤炭的污渍。艾达明显被妈妈与老师相拥抱的场景震惊到了，他没有说话。

东达开口报告说："我们搭乘了……火车……火车直到贝内绍夫才停下来，我们在那……耽搁了，但消息……转达了。"

老师抓起了教鞭。男孩子们对此早有心理准备，乖乖地伸出了手心。

随着鞭子的节奏，赫尼斯多一字一句地说："去齐兹科夫……不必……坐火车，根本无须……绕道贝内绍夫！"

在东达伸出右手证明体罚不影响存在友谊时，赫尼斯多转向苏切克夫人，问道："我使用了体罚。您不介意吧？"

苏切克夫人摇了摇头，幸福地擦去脸上的泪水。

在惩罚艾达的时候，赫尼斯多再次有节奏地质问："那我那封信的……回复呢……在哪里？"

"我对着电话筒读给那位女老师听了，她什么也没说。也没有道谢。"艾达回答，向老师伸出右手言和。

但赫尼斯多僵住了，全然忘记伸出自己的手。

"老师先生，把他们分开坐吧，别让他们坐到一起，因为我的孩子永远不会有这样的主意的。"苏切克夫人提出请求。

"我会的，我会彻底把他俩的座位分开。"赫尼斯多信誓旦旦。

艾达跟妈妈一起回家，像一条挨了鞭笞的小狗一样慢腾腾走着。母子俩进入"兄弟会"杂货铺。在他们前面紧挨柜台站着的是姆列恩科娃夫人，一位胖妇。

"您知道谁死了吗？"她转向母亲，"是糖果商瓦内克！"

"那个人我不认识。"苏切克夫人说，正忙着撕掉黑面包上的食品标签。

"就是那个骑摩托车来这里卖冰激凌的！"

"哦，那个人。"母亲说。

这个消息让艾达惊愕不已，胖女人的嘴边糊满了奶油。

"说是他喝醉了，摩托撞到白杨树上。后来飞来一群黄蜂，密密麻麻的，汇聚在一大摊融化了的冰激凌上。"

"要一个黑面包。"母亲指着面包架上的面包说。

那一刻，四冲程摩托车的噪声传来。艾达急忙冲到店铺门口，希望刚才听到的消息不是真的，希望驶来的是瓦内克先生。然而驶过的是一辆迥然不同的摩托车。艾达目送摩托远去，直到车子在拐角转弯。

艾达一口气把蛋糕上的十根蜡烛吹灭了。他的额头接受了父母亲的亲吻，还有小鲍仁卡的。

"对你而言，用它也许为时尚早。"父亲说，"但既然十周岁的生日不能推迟到等你产生感觉之后，妈妈为你制作了蛋糕，我呢……"父亲的手伸向窗帘后面的窗台，礼物就藏在那里。那个物件长约一米，用纸包裹着，因为一端露出一截亮闪闪的金属管，艾达的眼里燃起喜悦的光芒，他抱住父亲喊道："是气枪！"

父母亲交换了一个稍显尴尬的眼神。

"嗯，要说气枪呢并不完全是。"父亲说。

"打开礼物包装吧。"母亲催促儿子。

拆开几层纸很快发现，露出来的那截类似枪管的东西，是一根黄铜管，拧着螺栓的可伸缩支架，再往上是可折叠的几根金属杆，完整的一个乐谱架。

艾达的失望显而易见。

"都是你爸爸自己做的。你喜欢吗？"

"喜欢。"艾达谎称，不想扫父亲的兴致。

这时，父亲已动手组装和设置乐谱架，没有人留神小鲍仁卡正在摧毁蛋糕，她一只小手在蛋糕里乱抓，另一只手举起一根蜡烛往嘴里塞。

"你这下拉琴时就得心应手了，对吧？"母亲暗示艾达向父亲表达感激之情。

"是的。"艾达以敷衍的口气说道，"谢谢你，爸爸。"

"法诺什，你看看小姑娘在做什么！"苏切克夫人惊慌失措，"我简直欲哭无泪啊，全白忙乎了！走，洗洗去吧，小脏猪！"

"不碍事，不是吗？"父亲对艾达一眨眼睛，"这个翼形螺母用来固定你需要的高度，同时确保乐谱架不随意转动……"父亲在解释自己巧妙的结构设计。

艾达的眼睛在蛋糕废墟和父亲的双手之间徘徊。当支架组装调试完毕后，父亲把它挪到卧室里，在上面摊开一本乐谱说："来试一下，看看有什么缺陷。"

"没有，爸爸，没必要试了。它无可挑剔。"

"试试吧，看是否管用。"父亲将小提琴塞到儿子的下巴上。

艾达开始拉那首《当我在亚麻地除草》①。

"怎么样？"设计师饶有兴致。

"很好。"艾达在曲调声中回答。父亲终于离开，进了厨房。

艾达给亚麻除完草，深深叹了口气。然后把小提琴搁到双人床花哨的床罩上，将乐谱架折叠起来。他掂了掂架子的重量，把它扛到肩上。双人床上方悬挂着一幅油画，一个赤身裸体的卷发婴孩，美丽的母亲和天使俯身望着他。艾达瞄准了天使。

---

① 捷克民歌。

枪声响起。声音干巴巴的，像是从气枪发出来的。艾达手里的武器一震，立刻听到东达在喊叫："击中了！"

两人在白蜡树下狂奔，地上一只麻雀在抽搐，一个翅膀扑腾着，在原地打转。

"致命的一击！给它致命的一击！"东达说。

"怎么给致命的一击？"艾达困惑地问，惊恐地看着受伤的鸟儿。

东达一把夺过气枪，掰枪管，填枪弹，推上膛，距麻雀头部五厘米，射击，鸟眼睛部位出现一个洞。麻雀停止了舞动。东达把它递给艾达。

"你的第一个猎物！"

"我得回家了。"艾达说，手掌心托着麻雀离去。

一双孩子的手在泥地里挖出一小坑。然后往土里塞入两根小木棍，制成十字架。艾达哭了。

"原谅我，麻雀，我再也不会这样做了。"他小声承诺。

在东达父亲出老千赢得的半音阶手风琴键盘上，用墨水标出了阿拉伯数字。摊开在面前的练习本上，同样用数字标注了乐谱音符。东达看着简谱在演奏俄罗斯歌曲《喀秋莎》。罗森海姆负责击鼓，艾达和另一位同学波多施尼科拉小提琴，赫尼斯多老师也参与，拉第二小提琴。

全班同学照着黑板上的歌词齐声高歌，歌词用拉丁字母标注了发音：

正当梨花开遍了天涯，河上飘着柔曼的轻纱……

下面还抄写了另一首英文歌：

漫漫长路去蒂伯雷利，漫漫长路……①

"校长不相信我们这个落后班级能排练出一台像样的节目！"当《喀秋莎》唱完之后，老师说道。

"呸！我们走着瞧！"学生们群情振奋。

"庆祝我们祖国解放一周年纪念，我们不仅要唱歌，还要表演一出舞台剧！"

"万岁！"全班同学欢欣鼓舞，热血沸腾。

"写游击队，老师，写游击队员的剧本！"拉卡托斯热情建议。

"是的，我会亲自创作这个舞台剧，不仅写游击队员，而且会把参加反法西斯抗战的所有人都写进去。"

"我要演俄罗斯人！"马切克率先抢喜欢的角色。

"我演美国人！"莱尔赫声明。

---

① 爱尔兰歌曲，战时流行的军歌，苏联红军合唱团的演出曲目之一。

"安静，孩子们！我们需要头盔。谁能带几个德国头盔来？"

图西奇卡举起手说："我家里有五个完好的头盔，还有一个有枪眼。但我不想扮演德国人。"

"很好，把你的头盔带来，图西奇卡，作为奖励，不让你扮演德国人。"

只是赫尼斯多老师无法预见，自己的命运将被一团乌云笼罩。特鲁内奇克娃，电车司机的妻子，她踌躇满志。此刻，她拉开了窗帘，欣赏起窗外无声的场景——

法比安夫人后面跟着一双双胞胎女儿，毅然向校长办公室走去。巧的是，校长先生刚好走出来。四个人迎面相遇，母亲在校长鼻子底下挥舞一封信。校长戴上眼镜，读了起来。他摇摇头，转向双胞胎姐妹询问什么。姑娘们垂着头，当母亲在两人后背上拍击一下时，她们点点头。校长又问起什么问题，姑娘们同步摇晃一模一样的脑袋，然后再点头。校长伸出食指以示警告，然而看到姑娘们坚决摇头时，校长示意母女三人跟他走，随后消失在校长办公楼里。

黑发女人掩上窗帘，心满意足地往小锅里打入鸡蛋。

·

装甲车里正展开一场严肃的争论。

"听说他会被关起来。"图西奇卡说。

"你胡说！"东达不相信。

"据说他犯法了。"图西奇卡据理力争。

"他怎么了？"莱尔赫不明白。

"犯法，就是触摸女孩子。"图西奇卡解释。

艾达什么也没有说，他的眼睛看看这个又看看那个。

"他摸了法比安家那两个女孩。"莱尔赫表示认同。

"嗯，听妈妈说，他好像让她们俩怀……怀孕了。"图西奇卡添油加醋。

东达惊讶地打了声呼哨。

说谁到，谁就到，那对双胞胎姐妹正从旁边经过，两人合提一个洗衣竹篮。"嗨，奶牛！"东达招呼她们。双胞胎鄙夷地一吐舌头，继续往前走。

"听说你们怀孕啦？"莱尔赫追问。

"你真蠢！"鲁蕊娜呵斥。"而且呆傻！"克薇塔补充。

"你们手里的竹篮是用来装婴儿的吗？"莱尔赫说。

男孩子们哈哈大笑起来。只有艾达满脸惆怅。

校长先生把一位新老师领进教室。女教师很年轻，鼻梁上架一副精致的眼镜，因为激动与不安，鼻尖上沁出一层汗。她懵懂地冲五年级的孩子们微微一笑，殊不知，这才只是迈向精神病院的第一步。

"亲爱的小伙子们，我来介绍一下你们的新老师，这位是普莱齐塔小姐……"校长开口讲话，然而教室后排有人嚷道："我们不要她。我们要自己的男老师！"

"赫尼斯多老师被开除了，因为已经证实他实施了不恰当的体罚。"校长解释，安抚孩子们。

"那不符合事实！"艾达脱口而出，他已经不跟东达同座了。艾达心里想的是，他不能相信老师是因为这个原因被撤职的。

然而校长误解了他的意思："他打过你们吧，难道那不是事实？被他用教鞭打过手心的，请举起手来。"

没有一只手举起。

"比如你，罗森海姆，你没有被赫尼斯多老师打过吗？"校长逼问。

"没有！"被点名的留级生面不改色地回答。

"孩子们，孩子们哪，你们最好别对我撒谎！"愤怒的校长威胁班里的学生们，"罗森海姆，你妈妈到我这儿来投诉过，说你的手掌心被教鞭都打肿了。"

"我妈妈胡说！"罗森海姆反驳道，这让新来的女老师吓了一跳，她掏出手帕擦拭起鼻子上的汗。

"好吧，一切还在调查之中，你们从现在起要听普莱齐塔老师的指挥。她年纪这么轻，你们肯定能相互理解，谁敢不听话捣乱，我就把他送到沃尔肖维策去。"

罗森海姆摸出墨水瓶，在手里掂了掂，一番斟酌后他改变了主意，把墨水瓶放回到抽屉里。

全班学生一齐起立，校长离开了。

妇科医生克拉班也站了起来，把法比安夫人和她两个女儿送出诊所。母亲容光焕发，又向医生讨教什么。医生明确地摇了摇头。那两个刚做完检查的双胞胎姐妹，明显很喜欢这位男医生，缠绵的眼神黏在皮肤晒得黝黑的年轻医生身上。医生摸了摸两人的头，作为告别。满脸喜悦的母亲又一次紧紧握住医生的手，就差亲吻他了。

克拉班医生站在原地，目送她们穿过走廊，渐渐远去。

鲁蕊娜和克薇塔如同听到口号一般，一齐回过头去，卖弄风情地向医生挥手。

毫无悬念，普莱齐塔老师的课很快就变成一场恣意的狂欢，课堂上混乱一片。

"孩子们，你们知道哪些鸟会唱歌吗？"

"山羊！ ①"莱尔赫说道，对孩子们来说这是个奇妙的笑话，大家放肆地笑起来。

老师摘下眼镜，擦拭脸上的汗。

当笑声快平息时，图西奇卡又喊道："两只山羊。"

话音刚落，教室里又爆发一波笑声。

---

① 多义词，另一个意思为乳房。

突然，教室门打开了，校长走了进来，在他身后——让五年级的孩子们欣喜地惊呼——在校长身后，伊戈尔·赫尼斯多走进来了。当他迈步从过道走过时，两旁的孩子们纷纷伸出手去触摸他。有些学生仅碰一下他的身体，另一些敏捷地拽一下他的衣袖。艾达，这个内心敏感的男孩，已经湿了眼眶。全班学生都站了起来，教室里鸦雀无声。

校长在年轻的女老师耳边嘀咕了什么。她迅速把自己的东西塞进公文包里，在校长的陪伴下离开了。

赫尼斯多老师轻轻做了一个手势，示意全班坐下。

"一切已真相大白。"他说，"真理胜利了，正如在我们的国徽上所写的那样。"

"您鞭笞我们的事，我们对谁都没有承认！"罗森海姆不忘表功。

"我知道，孩子们，校长先生都跟我说了，谢谢你们。"赫尼斯多老师带着感动回答，他从黑板后侧抽出那根教鞭。

"你们肯定还记得，我告诉过你们关于古罗马的故事，尽管它不属于五年级的教学大纲内容：在古罗马存在民主，只有在国家危急关头，独裁者才会当选。孩子们，对我们来说，危急状态已经过去，你们以自己的行为证明了独裁者的存在成为多余。"

话毕，赫尼斯多老师在膝盖上折断了教鞭，把碎条扔进垃圾桶里。

一辆布拉格牌大客车在边境高地上行驶。

五年级学生的小脸蛋望向窗外。

在赫尼斯多老师身边坐着的是苏切克先生。因为这辆大客车是发电厂的，苏切克先生为学校这次郊游安排了车子。

"您认为，谁会在大选中获胜呢？"苏切克先生问。

"我猜共产党吧。"老师回答。

"我也觉得，所以我没给他们投票。不过在战前我投了共产党，为了让他们获得更多票数。因为只有当双方势均力敌的时候才能最好地体现民主原则，您不觉得吗？"

"当然。"赫尼斯多说，他正望着窗外的原野，仿佛担心车子会开过目的地。

"如果他们属于多数派的话，不是什么好事。"

"没错。"

"势力最强的党派必须时刻处于压力之下，出现波动，在下一次的选举中可能不再是势力最大的党派。这就是民主的力量。"

"这是实话。"

"我们是斯拉夫人，然而是西斯拉夫，西斯拉夫人，教师先生，在我们国家，任何独裁专制都找不到温床，因为独裁有悖于国家性质，我说得对吧？专制肯定要被打败，我说得不对吗？"

"我们到了！让司机停车！"老师认出了他寻找的地方。

"约瑟夫！停车吧！"苏切克朝司机喊了一嗓子。

孩子们聚集在边境要塞的入口处，带有迷彩涂层的混凝土块被疯长的野草覆盖了，高高的野草好似落地生根，形成接骨木灌木丛。

在静谧的原野之上，云雀扑腾着翅膀，断断续续唱着歌。

"你们在这里看到了吧，小伙子们。"老师走近地堡掩体，用手掌拍了拍浑圆的地堡侧面，"这些坚固的堡垒修建在我们濒临威胁的边界地带，长达两千多公里。"

孩子们对这个长度惊讶不已。

"不论从左侧还是右侧，每个堡垒都相隔而望。"赫尼斯多指向原野，孩子们纷纷踮起脚尖，为了看得更远。

"射击场巧妙地交织叠合，连老鼠都休想从中逃脱。地堡建造者毫不吝啬地使用水泥和钢铁，它们固若金汤。当初法西斯没费一枪一弹拿下这个地方时，曾想当着希特勒的面炸毁其中一座地堡，然而它如此坚固，小伙子们，炸药将整座堡垒掀起，然后呢，它又毫发无损地回落到了原地。"

这给小学生们留下难以磨灭的印象，逗得他们开心地哈哈大笑，东达用声音和手势夸张地演示了堡垒如何升起，又怎样落下，以及在他想象中的阿道夫·希特勒如何挫败地将手指放到鼻子底下，痛不欲生。

"当时我们应该自卫的。"叼着纸烟的客车司机说。

"就凭我们自己吗？"苏切克反诘，"当时所有人都背叛了我们？"

"俄罗斯人愿意和我们并肩作战的。"司机回答道。

"俄罗斯人？你知道希特勒步步紧逼到了哪里吗？直逼莫斯科！要是我们走了那一步的话，约瑟夫，那么就像我们今天站在这里一样，我们将不可能在这里出现。或者我们有一半人会站在这里，必然经历流血事件。"

孩子们面面相觑，也许在期待老师做出判断。

然而老师什么也没有说，转身走进了黑魆魆的堡垒。在他身后，所有人排起了队，鱼贯而入。

学生们参观城堡，让自己的呼喊声回荡其间，此时赫尼斯多和苏切克先生在炮台边上站着。两人透过瞭望孔望向草场，孩子们正围绕客车司机跑来跑去，企图抢夺他手里的球。

"谁知道呢，假如我们当初走了那一步，一切会是什么样？"赫尼斯多说。

"我没当过军人，在受伤之后。"父亲道歉，"您参与过军事动员活动，你们在类似的堡垒待过吗？"

"就在这个堡垒。"赫尼斯多说。

"然后您去了东线，还是去了西线？"

"我希望给孩子们树立一个榜样。"赫尼斯多思忖片刻后说。

"我明白。"苏切克先生回应。

"老师！老师！您快来，看我们发现了什么！"冰冷空阔的地堡空间里响起了艾达的声音，之后东达也在喊："它还没爆炸过呢！"

赫尼斯多和苏切克赶紧向出口处跑去。

在玫瑰果灌木丛边上，全班学生都聚集在司机周围。

"什么也别碰！"赫尼斯多边喊边大步冲过去。

当他挤过人群，走到那一堆好奇的人中间，看到草丛里躺着一枚灰绿色铁管，装着钢铁弹药的一端鼓鼓的。

"所有人后退十步！"赫尼斯多下令。

人群圈子扩大开来。

"孩子们！"老师兴奋地说，"在我们面前有一件不安全物体，装甲拳，这是希特勒杀伤力很强的武器。"

"火箭筒！"东达惊叫出声。

"是的，反坦克榴弹。"

"老师！引爆它！"罗森海姆说，所有人都热烈赞同。

赫尼斯多坚决地摇头。

"现在是一个绝无仅有的机会，你们将亲眼见证如何面对和处理这种情况。A组，就是我、司机还有我们整个班级，刻不容缓地坐上我们的大客车开到最近的军事基地，向他们报告在这里的发现。B组，就是苏切克先生您，留在此地守候。出发！"

整个A组的人失望地朝大客车走去。

苏切克先生在草地上铺开一块手帕，坐下去，跟发现的反坦克榴弹保持一定距离。

当司机打开车门时，从地堡山坡上传来一个微弱的声音。

"A组趴下！"苏切克先生在命令，所有人立刻就地趴下了。透过高高的草茎看到，苏切克举着枪站在高低起伏的原野顶端，枪筒射出一团火焰，随即爆炸声蔓延开来。

然后苏切克先生探头检查着爆炸是否波及了城堡，混凝土中裸露出钢筋，周围是黑色焦土。这时，一个人牵起他的手，是艾达。

"浑蛋！……收拾东西给我滚！……他还没见识世界哪！"在艾达走近应急住房区切伊卡家门口时，女人的号叫声送入耳朵。

"您好！"艾达向布里哈先生问好，后者穿着随时准备躺入棺材的那身西服，坐在废弃的公交车座位上。

"你好，小伙子！去看看他吧，去吧。死里逃生啊，就差头发丝那么一点儿！而我每分每秒都在等待这一刻！"布里哈先生的手抚在心口上。

切伊卡的妈妈显然哭了很久，已经流不出眼泪来。她默默抚摸艾达的头发，擤了擤鼻涕，让两个男孩单独待着。

东达躺在床上，右手缠着新鲜的绷带。他依然笑眯眯的。

"嘿。"他招呼好伙伴。

"嘿，怎么会这样啊？"艾达在床尾坐下。

"手榴弹。从玻璃瓶子里。"东达几乎在自夸，指了指桌子，上面立着一个带专利标志的瓷制瓶盖的汽水瓶。艾达把瓶子递给他。

"我把电影胶片放进瓶子里，点火后封上瓶口，还没等来得及抛出去，它就在我手里炸开了。真的很可怕。"

"天哪！还好没伤到眼睛。"

"摸一下床底下。"东达嘱咐艾达。

艾达摸索着，摸到了手风琴，他拎起来递给东达。

"现在是你的了。"东达说，"我失去了三根手指。"

艾达紧咬嘴唇，几欲落泪，但他忍住了。

"我们把它还给卡夫卡先生吧。"艾达提议。

"你忘了吗？我们在魔术师那里的下场。"东达警告他。

艾达点点头，望着数字键盘，然后说："那我就把它留下了。"

苏切克家黑漆漆的厨房里，瞬间洒满耀眼的光芒。闪电之后，惊雷轰隆而至。暴风雨已近在眼前。在远处和近处的雷声间隙，可以听到雨点拍击在窗玻璃上。

艾达躺在厨房的沙发上，无法入睡。

电话铃响了，父亲从卧室里走出来，睡眼惺忪，又一道闪电照亮了父亲的条纹睡衣。

"苏切克！"父亲低沉的嗓音，然后夜晚的独白送入艾达耳朵。

"是的……是的……是的……嗯……那很糟糕……你们有没有尝试在缓解之后重新启动？对，嗯，对，也做了？嗯。一百？嗯，一直如此。波希米亚中心？嗯。让他们查找，对，让接线员去。把默德利叫起来。我这就过去。"

艾达注视着父亲。他穿上衬衫时，一道闪电照亮了他白皙、瘦弱的胸膛和微驼的肩背。父亲睡衣都没有脱，直接套上了裤子。

"你非得去吗，爸爸？"艾达问。

"我必须去。"

"爸爸？"

"怎么了？"

"你一定先用铁棒去触碰啊。"

"睡吧，顾问先生。"父亲亲昵地合上艾达的眼睛。

父亲离开后，艾达离开沙发走进卧室。他钻进了父亲刚刚离开的双人大床，紧紧贴向母亲。

"你害怕暴雨吗？"母亲抓住他的手。

"不害怕，可我睡不着。"艾达没有说实话。他听了一会儿渐弱的暴雨，问道："妈妈，你不会离婚吧？"

这个问题让母亲意外。她用胳膊肘支起身体。

"你怎么会这么想？"

"妈妈，赫尼斯多老师长得比我爸爸帅，但我不想要另一个爸爸，除了咱们家的。"

"谁说我想要另一个了？你脑子里在想什么呢？"母亲真的不明白了。

"你在教室里跟他拥抱了。"艾达说了实话，母亲一下子趴倒在床上。

"我有吗？"

"拥抱了。我都看到了。"

"当时因为很担心你，所以我跟他贴得紧了一点或什么，但只是出于对你担心，那不是拥抱。"苏切克夫人想抚摸儿子的脸颊。

但艾达把她的手推开了，说："就是拥抱。"

两人都躺着看天花板。

闪电已经没有那么刺眼了。暴风雨从远处传来。

有人在门口像拉响警报器那般急切地敲门。艾达放下早餐，跑过去开门。

胖妇姆列恩科娃太太站在门槛后，上气不接下气地说："我的孩子，不幸哪……爸爸……死啦！被烧成了木炭……可怜的人。"

艾达想咽下嘴里那口面包，然而他怎么也咽不下去。他愣愣地盯着眼前这个泪水涟涟想搂他的胖女人。艾达从她怀里挣脱出来，穿着拖鞋，连睡衣都顾不上塞在裤子里就冲出门去。他还听到胖女人在说："苏切克夫人，你的丈夫……"然后什么也听不到了，因为他奔下楼梯，跑上了大街，仿佛想要远远地逃离自己无法承受的那个不幸。最重要的是，他想摆脱父亲可能遭遇不测的可怕想法，又或者，在他亲眼见证一切之前，他不愿意相信这些是真的。他沿着围墙飞奔，那是父亲每天上班必经的路线。衬衫在他身后被风吹得扬起来，路边的行人回头朝他打量。

"你要去哪里？"看门人挡住他的路，但艾达想绕开他跑进厂去，几乎把他撞倒。

在装有变压器的铁笼子旁边，站着穿着满是油污工作服的工人们，还有办公室里的职员。

所有人都朝一个方向看。艾达从人群中间挤进去，看见了弯折发黑的变压器以及四周散落的烧焦了的绝缘材料碎片。斯高坎先生把相机架在三脚架上，在拍摄这片废墟，而在他旁边站着一个人，正在便笺本上画着什么。那个人正是爸爸。

刹那间艾达的眼里涌起了眼泪，他猛地扑进父亲怀里，甚至撞掉了父亲手中的便笺本和笔。

"你发什么疯啊？"父亲一脸不解。

"这是谁家的孩子？"一个茶点师问。

"变压器家的。"有人回答。

苏切克先生从儿子紧紧的搂抱中脱身，指着变压器说：
"看，"他说，"都烧成炭了。"

"这太好了！"艾达幸福地说。

旁边围观的工人因这孩子的稚气笑了起来。

这时艾达突然想起，母亲还不知道父亲的情况，他一言不发又钻过人群，飞快往家里奔去。

他看见了在传达室门前的母亲。

艾达感到极度的兴奋。他跑向悲恸欲绝的母亲，大喊道：

"妈妈！妈妈！姆列恩科娃夫人胡说八道！她听说了'变压器'，以为是爸爸！"

但是母亲没有看向艾达。她望着艾达身后的某个地方，哭了起来。艾达回头望去。

父亲在朝他们走来，他摇着头说："这孩子没疯吧？"

体育活动室里爆发出阵阵热烈的掌声。场馆里坐满了学生家长，四处装饰了盟国旗帜。在他们头顶上拉着一条横幅："捷克斯洛伐克共和国一周年纪念"。

一曲结束，合唱团退场，赫尼斯多老师宣布下一个节目："接下来是舞台剧《战争不再，到处是和平》。"

一个带纳粹党标志的木箱被抬上舞台。坐在第一排的校长从座位上站起来，转身对观众介绍说："我的同事赫尼斯多出于谦虚没有提及，我来作补充，这个剧目的创作者就是他本人。"

大厅里响起掌声，赫尼斯多谦逊地向大家鞠躬致意。

在所有人好奇的静默中，木箱盖子推开了，出现一个德军头盔。

"这是我们家的孩子。"罗森海姆夫人赶紧解释，"他不想演德国人，但是他抽中了签，没办法，只能去演。"

"嘘——"其他家长着急地伸长了脖子，让这位母亲安静。

从舞台右侧响起朗诵者的声音，那是艾达。

"是谁从藏身之处爬了出来？是法西斯分子！他在沉重地呼吸。"

罗森海姆已经整个钻出来，坐到木箱边上。他惊恐地环视四周，尽管他全副武装到牙齿，然后从怀里掏出一根小棍，假装是笛子，把它放到嘴边。《莉莉玛莲》①的歌声随即响起，那是赫尼斯多站在左侧幕吹奏的长笛。

艾达的画外音："尽管吹吧，法西斯，盟友肯定到来。吹吧，尽管吹，美国人已经到达比尔森②。"

在艾达身后，冒出了戴美国头盔的莱尔赫，头盔上缀一颗白星，他踮着脚尖摸向罗森海姆。

---

① 二战期间的德国歌曲。
② 捷克西部城市。

"苏联坦克离布拉格不远了。"戴着耳罩的图西奇卡挺身而起，展现出另一个威胁。

"英国军队里的捷克人匆忙赴战，匆忙赴战。"

在戴网格扁平头盔的小人物中，切伊卡父母认出了自己的儿子。缠在东达右手上的绷带贴切地吻合当时的场景："从四面八方，四面八方，捷克游击队燃起了战火！"

拉卡托斯和马切克也站了起来。"你的歌已不再动听，政治犯们放出来了。"

身穿编号睡衣的赫拉莫斯塔和海尼茨逗乐了观众，引发笑声一片。

"法西斯，你吹完了自己的死亡之曲。盟军肯定出现，一举将你粉碎！"

伴随这些台词，盟友的包围圈在缩小，不同角色的演员开始对可怜的罗森海姆捶击、掐脖。

艾达的诗朗诵"自由如歌飞舞，欢欣鼓舞的女人和孩子们"淹没在现场混乱的厮打声中，罗森海姆的妈妈在尖叫："你们会把他打残的！"

说着，她似坦克一般从第三排座位扑过去救助儿子。她冲上乱作一团的舞台，挥手没头没脸地抽打起儿子身边的盟友来。

"那个蓄胡须的家伙在哪里？战争不再，到处是和平！"艾达结束了多余的朗诵。赫尼斯多老师和校长先生也冲到了演员中间，庆祝解放一周年的活动场面全然失控。

无论如何，面对大打出手的人群，训练有素的茨冈人拉卡托斯站起来，平静地直抒胸臆："我是斯拉夫人，永远的斯拉夫人，我会穿着斯拉夫长袍……"

老师在纠缠得难分难解的躯体中一把揪住俄罗斯人图西奇卡和美国人莱尔赫的衣领，将两人拎起来。打斗停止了，一切归于平静。赫尼斯多老师提溜着超级大国两个战胜方代表，如同魔术师提溜起两只兔子，面带微笑，对观众说："战争不再，到处是和平，我们将有所作为，用我们的头脑、我们的双手，努力工作，为了让处于欧洲心脏的捷克共和国，成为全世界的榜样。"

观众们动情地鼓掌，特别是艾达父亲，因为老师那番话让他产生深深的共鸣。坐在他身边的艾达母亲更是激动得满面生光。墙上贝奈斯总统和斯大林元帅像，露出意味深长的笑意。

起重机将装甲车高高吊起，放入大卡车车斗中。男孩子们依依不舍地跟踪了移动全过程。当载重卡车拉着装甲车驶离时，他们愣神了片刻，然后追着卡车玩命奔跑。然后返回来，返回到原地，那个铁家伙——战争参与者曾经停留的地方。此刻，留下一个方正的矩形，里面寸草不长，即便长了，也是苍白柔弱的细芽。

东达吹起了口琴。

赤脚

序

　　《赤脚》讲述的是《青青校树》之前的那段岁月，即波希米亚和摩拉维亚保护国时期——捷克被纳粹德国侵占并被更名的那段时期。我在2002年动笔写这个故事，在记忆的内存里搜寻一个个往事片段，令我惊讶的是，它们鲜活地留存在记忆里，呼之欲出。当我的捕获被我的导演儿子预订并且掂量一番之后，他断言那些故事过于单薄，尤其缺乏电影制作不容忽略的戏剧性拱门，仅凭一个童年经历的万花筒难以拍成一部引人入胜的电影。他建议我把童年的伙伴和亲戚当作电影角色，让他们共同参与演奏一场完整的音乐会，这场音乐会有序曲、主旋律和尾声。

　　在当时我对儿子的意见并不认同。我认为，作为编年史不应该改变真实发生的历史，我把那些人物存入电脑，让他们安睡了十年。当我在2012年重新把他们唤醒，连我自己都感觉在读一个陌生的故事。我豁然开朗，眼前这个故事它缺失什么，如何去修复和弥补，都了然于胸。而且，相比切割自己的肉，人们似乎更擅长切割别人的。我给原有的故事赋予了全新的形式。

　　我的童年故事于是变成那个羞怯的布拉格小男孩艾达·苏切克的故事，他跟随父母搬迁到乡下，在那里生活并且学会了赤脚走麦茬。

当头几行文字跃然于纸上，接下来就好写了。很久没有动笔的缘故，我如同一台长年没有润滑的造句机器，望着稿纸，殚精竭虑地寻找合适的辞藻填入。当我笨拙地合上闸，机器艰涩地启动起来，呈现的文字却索然无味。

我要记录下生命里那一段时光，它似短暂的间奏曲深藏于我的记忆。

在我七岁那年，一个小男孩，全家骤然搬离布拉格，到乡下生活，在乡村度过两年时间。当时那种全新的感觉冲击着我，至今它仍然浮游于记忆潜流里的某一处，如同蛰伏多年的大鱼，也许应该捕捞出水。对此我酝酿良久，然而心存疑虑。我一向如此，在我抓住某个通体发光的物体之前，这种感觉挥之不去。

为了潜心其中，昨天傍晚，我走向清冷的秋日田野散步，在泥泞的土路上我跪下去。在七八岁时我就拥有了跟现在同样的眼睛，只不过那时候距离地面更近。我在地上跪着，膝盖吱嘎作响，路沿的树木悠然生长起来，道路宽敞，延伸开去，眼前的地面上有树叶、树枝、砾石、拖拉机轮胎的痕迹。它们变得那么近，触手可及，我想把它们抓到手里。我的举止荒谬可笑,一个皓首老人跪在乡间原野,乞求回归童年时代。然而事实就是如此。

伦敦在呼叫

我们家收音机的调谐旋钮上,贴有一个边角折起的橙色警示标志,警告说:收听外国电台将被处以死刑。爸爸坐在收音机旁,尽管各种杂音干扰,有关前线战斗的报道依然顽强地飘出来,还有非常重要的神秘消息,因为播音员要重复两遍:"埃米尔将骑女式自行车到达,埃米尔将骑女式自行车到达。露西期待圣诞节,露西期待圣诞节。古斯塔夫,宴会被无限期推迟……"

"这些是给伞兵的加密信息。"爸爸解释道。

"它们是什么意思呢?"我问。

"只有他们自己知道,因此是加密的,让德国人无法破译。"

妈妈给我一个吻,道过晚安,她要我发誓:"你千万不能出去说爸爸收听伦敦电台的事,就是小伙伴也不行。"

我点点头。

躺在床上,在进入梦乡之前我悄悄学舌:"埃米尔将骑女式自行车到达,埃米尔将骑……"

发电厂

我们家住在布拉格郊区的发电厂里。所有人都这么说,电工出身的爸爸更内行，他对我解释说，其实我们是住在变电站里。从远程发电厂如埃尔维尼策或施杰霍维策一路绵延过来，汇集了数不胜数的电线杆。我们坐在火车上时，爸爸看着原野上一根根电线杆就会说：如果有一天你迷路了，只要沿着电线杆走，就能找回家。通过这些下垂的粗电线输送出来的电力会危及生命，因此它需要在我们变电站里转变为较弱的电流，虽然同样会危及生命，但没有那么危险了。如果没有我们的变电站，布拉格就没有电车行驶，夜晚将一团漆黑，跟钻在麻袋里似的。

致命的电流在被驯服的过程中，发出嗡嗡的响声，天天不绝于耳。每次有人来我们家做客，父母将他们领到花园里，客人们总会问："你们不嫌烦吗，这么大嗡嗡的噪音？"爸爸回答说："习以为常，我们已经听不到了。"

我们就像一个磨坊主，日子久了谁会留意磨盘发出的当啷声呢，除非它停下来。

我们住在电厂提供的员工公寓里，每家带有一个小花园。厂里还设有网球场和排球场。在网球场上打球的人都一袭雪白的运动装，那些人住工程师别墅。其他员工打排球，穿短裤和运动装，或者什么都不玩。

我们这个变电站很重要，所以周边设置有围栏，人们从两个大门出入，谁没有带钥匙，必须经过收发室，否则就进不去。我会用水果折刀开门，但不能让人知道，要不然谁都能进厂里来了。围栏后面是一排长条形房子，我们称为筒子楼，我可不想住在里面，走廊里都能闻见地窖里的气味。

赫拉斯特先生

发电厂里没有动物。只有住在一楼的赫拉斯特先生养的一条狗，取名菲尔达，不是纯种狗。它的血如何变脏的，我不得而知，据说不会传染。我们是好朋友。我还没到上学年龄，因此有大把的时间。在家里，我最喜欢玩纽扣。我把罐子里的纽扣倒在地板上，找出相同的扣子，排成几列。妈妈说："别老在家里待着，出去走走。"于是，我沿着家门口的围栏区域四处闲逛，用脚来回踩踏在灌木丛里生长的白球球，踩得噼啪作响，白球球的学名叫忍冬雪果。

当菲尔达来我们家门口的楼梯上晒太阳取暖时，我就坐到它身边，伸出手在它两只耳朵之间揉搓，它惬意地闭上眼睛。但它不睡觉，只要一听到主人的声音从一楼窗户传过来，立刻竖起耳朵，睁大眼睛。赫拉斯特先生的声音很容易辨认，因为他口吃。倒不是说他结巴，只是他说话的时候常常被一个词卡住，急得说不出来。例如他问我们："你有没有看见我家的菲菲菲菲……菲菲菲菲？"看到他被憋得使劲摇晃脑袋，我替他感到难过，于是我说："是菲尔达吗？"他回答说："对对。"

排球

　　我喜欢看大人们打排球。打球时重要的官员们也像孩子一样蹦蹦跳跳，露出毛茸茸的肚皮，兴奋地喊叫个不停。他们的妻子也一样，变成爱弹跳的小女孩。轮到谁发球，都会先喊一声"看球"，然后手里的球发过网。我们小孩子不允许进球场，但是我总要钻进去，在大人们的腿之间跑来跑去。今天是我们公寓楼和旁边大楼打比赛，场外还有一些观众。跑得汗流浃背的爸爸几次气喘吁吁地命令我走开，别在球场上添乱。但我喜欢在网下跳来蹦去，也在打球似的。在我又一次妨碍爸爸错失接球之后，他扇了我一巴掌，一把将我拎到场外，就像提一只兔子那样。众目睽睽之下，我摔倒在地。我委屈得涕泪横流，恼羞成怒之下我喊出了我所知道的最可怕、最有杀伤力的秘密："我要说！我要说出来，你收听伦敦电台！"

　　比赛停止了，全场鸦雀无声。爸爸脸色煞白。他一把抓起我的手，把我拽到大楼拐角处，在极度的绝望和愤怒中咬牙切齿地说："你这浑蛋！你这兔崽子！你自己的亲爸！蛇蝎心肠！"

　　爸爸找不到更解气的咒语。

恳求宽恕

　　"爸爸，请你原谅我，我再也不那样做了。"我穿着睡

118

衣站在爸爸的床边恳求。

"如果爸爸被抓走被枪决了，都是因为你！"妈妈在双人大床的另一边火上浇油。

回到自己的床上，我蒙住被子痛哭起来，哭得收不住。

我是个懦夫，是个告密者。

国旗

我独自在家，用小橡皮士兵玩打仗游戏。然后我听到外面传来口令声。我趴到窗前，透过玻璃往外看。在发电厂的院子里，两旁竖起了巨大的木桩，上面缠着粗电缆，那些守卫我们发电厂的德国士兵在进行军事演习。根据指挥官铿锵有力的命令，他们把步枪扛到肩膀上，然后再放回脚边。

我跑向橱柜。我知道后面藏着一件危险的东西。我伸手去后面掏，拉出来一根沾满尘土的长杆子。展开蓝色布料，直到红色和白色出现。这是一面安在条纹桅杆上被严禁的捷克斯洛伐克国旗。

我又跑去观察了一眼德国士兵，他们仍然在军事演习。我的心怦怦跳起来，像有一把锤子在胸口锤击。然后，我把旗帜从窗台悄悄伸出去，将旗帜展开在窗前晃悠一个来回。接着又晃悠一回。

我小心翼翼地探出脑袋，看敌人如何反应。没有动静，那些人继续在操练，将武器扛上肩再放下去。我双手哆嗦着将旗子沿轴卷起来，塞回到橱柜后面。

我坐在地板上大口喘气，仿佛刚完成了一场比赛。

被女孩子一顿臭揍

我上一年级了。放学后我背上书包准备回家。学校教学楼的墙上倚着一个脸上长满雀斑的女孩。当她看到我时，挡住了我的路。她比我大两岁的样子，她来自斯拉蒂尼区，那一带全是歪七扭八的用杂料搭建起的破旧小房。她一脸愤世嫉俗，身上的T恤污脏不堪。

"那是贝切克的姐姐。"我身后有同学低声嘀咕。

在场的每一个人都停下脚步，预感将有好戏登场。

"据说你想找抽？"女孩对我说。

"没有！"我如实回答，感觉膝盖开始颤抖。

"你嫌弃我兄弟身上很臭，对不对？"

"没有！"我怯懦地嗫嚅。昨天我确实对贝切克说了这句话。

"但你说了，他闻起来很臭！"姐姐邪恶地笑着走近我。

"有时他身上是有味儿，因为他不洗……"我刚想说，一拳打过来，我眼前一阵发黑。我的鼻子大概被打掉了。我伸手去摸，手指上全是血。

"还击，给她一拳！"有人给我助威。

我握紧小拳头，泪眼蒙眬中在那张布满雀斑的脸上寻找下手的地方，还没等我选好，我的左右脸颊各挨一记耳光。然后，她一推搡，我仰面倒在地上，我书包里的木制铅笔盒发出叮当的响声。

"狗屎！"贝切克的姐姐往地上啐了口唾沫，扬长而去。

"他挨女孩揍了，胆小鬼！"围观的学生一哄而散时，这句话送进我耳朵里。

我哭着朝家走去。

该怎么办

我想成为勇士，我要学会打架，可是家里没有人指导我。妈妈每天反复叮咛："自己要小心，不要招惹任何人，你知道会有什么结果。万一你出了什么意外，我也不想活下去了。"妈妈边说边用一块手帕擦拭玻璃镜框，里面是我五岁的哥哥，他头戴一顶小白帽，正对我们微笑，因为他并不知道自己将在半年后死去。而且，我还有一个弱点，我不仅担心自己，我还不敢往别人的脸上动手，害怕伤着对方，万一对方的眼珠子掉出来可怎么办。

晚上临睡前，我反复思量这件事，我知道我应该怎样去做了。那个女孩没有那么大的力气，我可以战胜她。明摆着她的双臂像芦柴棒一样。最重要的是，我的两腿不能发抖。这始终是我的软肋。我必须变得粗暴起来。如果我当时足够强硬蛮横，结局就会是这样——

"据说你想找抽？"女孩说。

"你想抽我，对吗？"我一脸鄙夷。

"你嫌弃我兄弟身上很臭，对不对？"

"就像一只臭鼬，因为他不洗！"

女孩挥拳朝我鼻子打来，但是我一闪身，一把抓住她细棍似的手臂，反拧到她背后。

"哎哟！"贝切克的姐姐惨叫起来，我腾出另一只手揪住她很久没洗的油腻头发。

"今天回去就给你兄弟好好洗一洗，省得在我旁边臭气熏天！"我对着她的雀斑脸下令。

"没问题，我会用板刷给他搓洗！"女孩唯唯诺诺，我放开了她。

"借过！"我说罢，在众人敬仰的点头哈腰中昂首走回家去。

父母亲

我的父母看起来并不般配，但他们彼此相爱。爸爸要比妈妈矮两厘米。两人一起出门时，爸爸总要戴一顶礼帽，这样能显得个头高一点。爸爸也戴眼镜，但有时他会两眼模糊一片。比如冬天从寒冷的室外走进厨房时，爸爸会因为水汽什么都看不清。因此他做的第一件事是摘下眼镜，摸索着靠近妈妈身边，撩起她的围裙擦去镜片上的水汽。

妈妈有一头美丽的秀发，爸爸却是秃顶。在那片光秃的头皮上有一个突起的伤痕。

起因是当年修建埃尔维尼茨①发电厂时，爸爸爬上高高的吊车去维修，脚下一打滑从高处摔下来，脑袋撞在煤堆上。因为这个事故留下了伤疤，爸爸没有能应征入伍。

当妈妈给我讲述这段往事时，她感叹道："真应该庆幸，你爸爸摔下来没有丧命。"

如果爸爸因此而丧命，那将是巨大的损失，因为爸爸心灵手巧，样样精通。他钳工出徒，还觉得不够，又学成了电工。他也研究收音机。当时所有人都必须卸掉短波才能收听广播，省得听到外国电台。但爸爸自己发明了一个称作丘吉尔的零件，就是以英国人丘吉尔的名字命名的，那人是希特勒的对头。收听广播时，爸爸就把这个零件插到收音机背后的电子管里。新闻播完后，再把它藏到妈妈的针线筐里。爸爸擅长讲笑话，每次赫拉斯特夫人来我们家做客，爸爸总要讲一些我听不太明白的笑话，而赫拉斯特夫人总笑得前仰后合，满脸通红。

沃尔肖维策桥

我觉得罗森海姆就是个淘气鬼，我们俩结伴从博赫达莱

---

① 位于捷克北部的小镇。

茨一路走到沃尔肖维策。跟往常一样，在天桥上经过车站岔道时，若底下没有火车经过，我们俩总要停留一会儿。一列火车正驶过，罗森海姆出主意说，往火车货车车厢顶棚撒尿。为了不显得像个尿包，我也掏出鸡鸡开始撒尿。出乎意料的是，桥下突然出现一节没有顶棚遮盖的车厢，里面坐满了德国军人。那个正在吹口琴的士兵直接被罗森海姆的尿柱射中，而他身边那个正在唱歌的同伴被我的尿柱射了个正着。谁都知道尿一旦撒起来是无法立刻止住的，因此好几个德国人受到了同样的"洗礼"。士兵们逐个抬起头往上看，其中一人朝我们咆哮一通之后，抓起步枪朝我们瞄准。太吓人了！罗森海姆撒腿向后逃去，我头脑一片空白，等回过神来，发现自己也在狂奔。

像被猎人追赶的野兔那样，我飞奔了一公里，跑到家门口才停下来。在狂摁一通门铃之后，妈妈拉开门，我顾不上搭话，上气不接下气地绕过她扑进门里。爸爸正为几个客人展示装在酸黄瓜瓶子里的家酿醋栗红酒，我也没有理会。身上的衣服也顾不得脱，一头钻到床上，用被子蒙住了脑袋。

我就那么躺着，牙齿咯咯作响，想象货运车站上正在发生什么——

我仿佛听见疯狂的汽笛声，火车停了下来。德国士兵们蜂拥着往桥上爬。在天桥上，德国指挥官果断下令，将士兵分为两队。一队朝沃尔肖维策去搜查罗森海姆，另一队直奔我家而来。士兵们咔嚓拉开枪栓，把子弹推上膛……

成绩单

我放下后背上的书包，把一年级成绩单交给妈妈。

我们称之为成绩单，其实上面是分别用德语和捷克语写的学校报告。

"全是1分①！"妈妈激动地嚷道，"快来看，孩子他爸。"

"嗯，真让我感到高兴。"爸爸说。

妈妈幸福地亲了亲我的额头。

"女老师也亲我了。"我炫耀说。

"什么！她就亲了你吗？"妈妈一脸惊讶。

"她亲了所有得一分的学生。但老师的吻和你的不一样。"

"怎么不一样？"

"感觉更棒。老师的吻更柔软，更湿润，时间长。"

爸爸和妈妈交换了一个被逗乐的微笑。

"来自胡斯多列索娃老师的吻，更柔软，时间长，嗯，我也会那么说的。"爸爸说。

"你，你说什么呢。"妈妈嗔怪。

———————
① 捷克学校评分制度，1分是最高成绩。

一辆黑色轿车

有人在摁门铃。我打开门，气喘吁吁的姆林科娃夫人闪进屋里："看窗外！你们快看窗外！"

在敞开的院门后面，停了一辆黑色轿车。司机在车旁绕圈，脚尖不时踢一下轮胎，抽着烟。

"这是谁？"妈妈问。

"盖世太保！"姆林科娃叹了口气。

我全身不觉收紧了。

"他们是来抓赫拉斯特的！"我听到邻居在说。

不说我们也已经看到，赫拉斯特被押出来。他身后紧跟着两个人。一个穿风衣，另一个穿皮大衣。

个头都比不上赫拉斯特先生。我想象中的盖世太保应该人高马大的。

他们走下楼梯到大门口时，脸色苍白的赫拉斯特先生转过身来，向某个人挥挥手。我猜是赫拉斯特太太吧。然后，司机拉开轿车后门，让赫拉斯特上车。先生正上车，这时传来我熟悉的犬吠声，我们看到菲尔达跑下楼梯，跳进车去找主人。司机抓起狗项圈一把将它扔了出去。但是在车门被撞上之前，菲尔达再一次扑进赫拉斯特先生怀里。赫拉斯特先生安抚着小狗，大概在告诉它让它回家等候，然而他口吃，他的话哽在喉咙里说不出来。穿皮大衣的男人显然不耐烦了，司机跑过来帮忙。两个人各执菲尔达的尾巴和皮毛一把扔出去。然而那条狗不明白为什么总把自己扔出来，它想跟赫拉斯特先生一起出门。当菲尔达第三次跳向主人身边时，司机猛地撞上车门，夹碎了它的脑袋。汽车开走了，我们看到赫拉斯特太太双手抱起小狗的尸体，转身朝向整个大楼，她绝望的眼神望向我们的窗户。

我受不了了，我把头藏进妈妈的围裙里哭起来。我听到妈妈在擤鼻涕，问："他做了什么，要逮捕他？"

"有人告密说他听外国电台。他自己也太不小心，逢人便说他听到的消息。"

"是我们的人告的密？"

"我们的人。"

"不是我。我没有！"我在围裙里拼命对妈妈喊。

"我们下楼去吧。楼下就她一个人。"妈妈说。

搬家令

那天下午，我一如既往箭一般地飞奔回家。

"我又渴又饿。"站在门垫上我就叫嚷，然后我注意到妈妈的眼眶湿润，厨房里烟雾弥漫，爸爸没少抽烟。桌子上放了一张纸，就在装满烟蒂的烟灰缸旁边，我意识到是它造成了这场混乱。妈妈将纸张递给我。

"我们刚收到的，你读一下。你已经认字了……"妈妈呜咽着。

是的，只是一年级的小学生能认几个字。我看着打印在公文纸上的字母，逐字读出了爸爸的名字。

"看这里。"妈妈指向重要的一行，我一字一句读起来：

"……在十四天之内腾出您位于 92 号楼的公配住房……"

我没有明白。

"什么叫腾出？"我问。

妈妈搂过我坐到她膝盖上说："我们必须搬家了。"

"我们不在家里住了吗？"我绝望的双眼扫过电炉、瓷砖壁炉，还有摆放了花盆的窗台。

"所有人都必须搬走吗？"

"只有我们家。"妈妈边说边擤鼻涕。

我向孩子们解释

"为什么恰好是你们家呢？"尹德拉问，双脚倒挂在地毯架顶部的横梁上。

两个女孩抱着洋娃娃，坐在下面的木排上。

"因为我爸爸不愿意行纳粹礼。"

"我爸爸也不愿意。"小女孩说。

"新来了一位德国主管。"我给他们解释说，好似眼前出现了那个场景——

身穿皮大衣、头戴礼帽的德国人走进变电站的转换门。

他走向操纵台。三名员工，其中包括我爸爸，站起身来。新主管停下步子，脚跟一并，朝前伸出右手。两个捷克人举手还礼，只有我爸爸站着不动，双臂下垂。德国人朝爸爸走近一步，再次行纳粹礼。然而爸爸固执地摇摇头。德国人严肃地点了下头，仿佛在说："有你的好看。"

离别

几个邻居和一群孩子看着搬运工往车上装进最后一件家具，关上后车门，车门上标有"科维尔卡搬家公司，布拉格—努斯莱"几个大字。

（为什么我还记得？当时对著名的霍朗搬家公司没有来，我深感失望。）

妈妈流着眼泪跟邻居们告别。爸爸扶她进入驾驶室，然后把我举上去。我跟小伙伴们挥手告别，他们的身影越来越远。

拥挤的房屋

我的新家位于卡尔瓦绍夫①，爸爸出生在这里。他说，这儿既不是城市，也不是乡村，而是一个小镇。我们房屋前有一条从布拉格通往伊钦①的国道。在后面，就在谷仓后面，

---

① 位于北捷克州。

是墓地。我不喜欢墓地。从楼梯上的窗户可以看到林立的墓碑、坟墓和十字架。除了这些，老家的房子还是很漂亮的，只是有点小。我不知道我们一家如何挤进去，因为房子里住着爷爷和奶奶，哈维尔卡姑父和姑姑以及一个小男孩，名叫卢杰克。现在加上我们三个，总共八口人。算上那只猫咪，有九个。

爸爸也很为难，晚餐时他说："把大家挤得有点像沙丁鱼。我实在没辙了。原以为等我退休之后才会来这里住，没想到一下子提早了这么多。"

"别担心。"爸爸的妹妹卢德米拉姑姑从灶台冲他喊，吓了我一跳。很快我发现，姑姑说话就是大嗓门，但没有恶意。"这就是你的房子，你能去哪里呀。我们将就一下就行。"

她的丈夫、姑父韦诺斯在铁路上工作。在家里经常穿一条旧的铁路吊带长裤。他个子小，体形敦实，笑起来嗓音又高又刺耳。

"我倒是担心我们的家具在谷仓里受潮，因为那里漏水。胶合板湿了的话，就只能扔掉。"他说。

"我们把屋顶的瓦片换一下，就不会漏雨了。"爸爸说。

"你有什么打算，大舅子？"姑父称呼爸爸大舅子。

"法诺什心灵手巧，他不会有问题的。"角落里传出奶奶细弱的声音。枯瘦的奶奶总在挑拣东西。她现在正挑拣豌豆。

"等糖厂启动了，他可以去糖厂上班。应聘是十拿九稳的事。"姑姑嚷道。

"这孩子的鞋子该擦一擦了。"爷爷用手里的拐棍尖戳了戳我的凉鞋。他长得高大威严，不苟言笑。我看不出他是否喜欢我。

"我问过铁匠了。或许我可以去铁匠铺帮忙。"爸爸说。

"可别被马尥一脚，大舅子。相比电击，马踢起人来也毫不逊色。说起马，哎，那可不像电线啊。"姑父说着，坏坏地笑起来。

"公羊，公羊，撞！"我试着跟小卢杰克交朋友，小男孩却一咧嘴哭起来。

"别怕呀，艾达从布拉格来。他会跟你交朋友一起玩。"姑姑把小男孩抱入怀里。

这可难说。我想把那只猫咪抱入怀里。猫却一下子溜到了桌底下。

让他出来

在院子的储藏间里，卢德米拉姑姑有一台熨衣服的滚轧机。储藏间里很暖和，弥散着洗涤过的内衣和床单的气味。那个带木辊的滚轧机隆隆作响，我百看不厌。转动手柄时，上面的板条箱在滚筒上慢慢地来回摇晃，箱子里放置了方石块，为了增加分量。姑姑的乳房比妈妈的丰满，在干活时乳房有节奏地晃动，汗湿的乳沟时隐时现，看得我目不转睛。

"你怎么不出门去跟小伙伴们玩啊？"姑姑吼我。

我摇摇头。

"去把洗衣篮拿来，在中庭里。"她使唤我。

我倒是愿意去，可我不知道中庭在什么地方。

"中庭在哪里？"我问。

"什么？我没有听错吧！"姑姑爽朗地笑起来，领我进了一条连接街道和后院的凉爽的走廊，地面铺着砖块。

"这是中庭。"姑姑拿起洗衣篮，"那你怎么称呼这个地方，嗯？"

"走廊，或者通道。"

"在布拉格你们有通道，这里只有中庭。"姑姑喊道，正要离开，这时她听到了从街上传来的呐喊声。

"哈维尔卡太太！"男孩子的声音。

"哎，怎么啦？"姑姑回应。

"让他出来！出来露一脸给我们看看。那个布拉格人。"

姑姑放下洗衣篮，从墙上的钩子取下一把钥匙，打开了那扇我不想迈出的家里的大门。

"那里有你的新朋友。"她说，"去吧，你别整天赖在家里。"

"不去。我谁也不想认识。"我倔强地回绝。

"你去认识一下，然后不就熟悉啦。你们在一起可以玩

132

打仗游戏。"姑姑拉起我的手。

"布拉格人——猪!"有人在门口喊，其他人都笑起来。
这下我更不愿意去了。

无奈干体力活的姑姑力大无比。她把我从门缝里一把推
到大街上，咔嚓撞上了门。

第一次出门

阳光刺得我睁不开眼睛。我把后背紧紧贴在被太阳烤热
的大门上。

有三个人在等我。第一个是个小个子，第二个是个胖子，
第三个头上戴一顶司机皮革帽，带有亮闪闪的徽标和皮带，
他的年龄比我大。他们三个上下打量我，好像翻开一块石头，
总算在下面发现了蚯蚓。

"你叫什么名字？"小个儿问，眼神粗野。

"艾达。"

"艾达！"他咯咯笑起来，胖子附和他。

"你这脑袋上戴的，是什么？"说着，出其不意一把从
我头上扯下十字头套，那是妈妈为我编织的，以防头发罩住
额头。

"十字头套。"我说。

"在布拉格时兴戴这玩意儿？"他戏谑地往自己头上扣。

我点点头。戴司机帽的那个男孩拿走了十字头套，把它

还给我。

"你是来这里度假，还是一直待着了？"他问。

"一直待着。"我说。

小个子弯腰捡起一块石头，在手里来回倒腾。看来，我今天要挨石块砸了。但随后他把石块扔出去，击中了电线杆。

他递给我一块。

"击中它。"

我十分希望我能击中，然而当然打偏了，被他们一通嘲笑。

"大概在布拉格没有石头！"那个坏小子嘿嘿笑着。

"你们在布拉格有洞穴吗？"大男孩问。

"洞穴？应该没有吧。"我承认。

"那么走吧。"他发出邀请。我跟随他们一起走了。

洞穴

他们仨都打赤脚。我的两条腿白白的，穿着袜子和凉鞋，跟他们肮脏的晒得乌黑的腿脚夹在一起，显得扎眼。

他们带我沿墓地围墙走着。墙尽头是一个小砖房。

"你知道那是什么吗？太平间，存放尸体的地方。"小个子做了个鬼脸。

太平间后面围着木栅栏。那个大男孩环顾四周，然后扒开两个木板条，只有顶部的钉子连着。

"钻过去！"他命令我。

我进入了洞穴。在幽暗中我看到，这是一个挖出来的洞穴，陈旧的葬礼花圈堆放在四周。天花板上有几个孔眼，昏暗的光线透射进来。我闻到了松针烧焦的闷热气味。

"没见识过吧？"小个子说着，一屁股坐到花圈上。

我四下打量，看到在洞穴的墙壁上是各种蜡纸花，嵌在用松果制作的花圈上，飘下的丝带上写有金银色的铭文：

最后的告别！
给亲爱的祖父——玛鲁什卡和东尼克
奥特拉多娃和维纳日茨基全家

那个大男孩从花圈堆里抽出来一个递给我，上面写着"我们怀念"。

"你坐这个。"他说。

我们在洞穴中围坐成一圈。这个地方真美。

后来得知，最大的那个男孩名叫奥塔，是将军。最小的那个，大家叫他小子，他是中尉。胖男孩萨基克是上校。

"上校？准确的表达应该那样说。"我纠正他。但是换来奥塔一通呵斥：作为士兵，无权教训军官。

弗拉斯基克

我们爬出洞穴，回到阳光下，一个少年骑一辆很别致的三轮车迎面而来。

"嘿，弗拉斯基克！你好啊，弗拉斯基克！"我的新朋友们大老远招呼他。

弗拉斯基克点点头，双手旋转车把上的两个手柄加快车速。他在我们身边停下来，擦了擦额头上的汗，对我微微一笑，看得出来，见到我他很开心。

"这是艾达。刚从布拉格搬来。"奥塔介绍。

"啊，这样。"弗拉斯基克频频点头。我迅速扫了一眼他的腿部，不消一秒钟就发现，那里什么也没有。我把目光转向前车轮锃亮发光的钢丝。

"火车。"弗拉斯基克笑着对我说，指了指他膝盖上端缝合的裤腿。

我会意地对他一笑。

"这里有一个引擎，"奥塔向我展示安在两个后轮之间的螺纹气缸，"容量 50 立方，佳娃摩托[①]系列。只是弄不到汽油，引擎管个蛋用。"

我内行地点点头。

---

① 捷克斯洛伐克摩托品牌。

136

狼

我和爷爷沿公路朝我们家的地里走去。我拉一辆手推车，那种前轮小后轮大的小拉车。爷爷走在我身边，用拐杖做着运动，每次在拐杖落地之前，他就优雅地提起来。爷爷的胡子黄黄的，被烟斗熏黄的。他个头很高，走路时腰板挺得直直的，我从未见过他手提或拉什么东西。据说他年轻的时候是农场的管家，手下管很多人。现在他管我。所有人都必须尊称他，包括我爸爸——他的儿子，对他也以"您"相称。

苹果树长在草木茂盛的河岸边。我们捡拾那些从果树上掉落到地面的苹果。爷爷用包着金属头的拐杖指向哪里，我就跑去把苹果捡到篮子里。

从我们地里可以看到一个独门独院的农舍。一个男人正在院子里把一根小棍扔给自己的狼狗。爷爷用棍子指着他，告诉我："遇见这个人你不要问候，永远不要跟他说话！"爷爷说着啐了口唾沫。爷爷总不停地啐唾沫，只是没有唾液。

"他是谁？"

"狼。"

"狼是他的名字吗？"

"他和你同姓，也叫苏切克。但他不再属于这个家庭。别朝那边看了，捡苹果。"

"为什么叫他狼？"我问。

"因为他差一点掐死你奶奶。"爷爷说。

"他是我们的亲戚？"

"他是你父亲的哥哥。"爷爷啐了口唾沫。我一脸错愕，忘记了捡苹果。

"他是您的儿子？"我惊讶地小声问，为了不让狼听见。

"曾经是。"爷爷的拐杖尖头扎入一个腐烂的苹果，把它抛向远处的田野。

恐怖的消息

妈妈用擀面杖在擀一张薄薄的面皮，她要做面条，同时给我透露了我们家族的秘密。

"在他结婚之前，需要一笔钱用来盖房子。而奶奶，就是他的母亲，不愿意把钱给他。这下他在谷仓里对奶奶大吼大叫，说他有权利要这笔钱，如果不给，他会杀了她。"

"我们的奶奶吗？"我问，下巴磕在案板上。

"他自己的亲生母亲啊，你想象一下。据说他扼住了奶奶的脖子。你爸爸说，当他和卢德米拉姑姑赶过去把狼拉开时，两人以为奶奶已经死了。据说很长一段时间奶奶说不了话。大家以为她变哑巴了。"

我顺楼梯往下走，进了厨房。

奶奶坐在角落里的老地方，在筛面粉，把筛子上的块状物挑走。

"你在做什么呢，奶奶？"

"面粉里长虫了。"奶奶笑眯眯地看着我，她年老无神的蓝眼睛里充满了阳光。

铁匠铺

爸爸成了莫拉维茨铁匠铺的帮手。他穿上工作服，心灵手巧，很快适应了新工作。爸爸给我看了铁炉，并允许我拉一拉风箱。炉子里的火炭烧得红通通的，风箱一吹，它们烧得更旺了。等到铁条烧得通红，变得透明时，爸爸便把它夹到铁砧上，用锤子敲打，好像铁条是面团做的一样。爸爸把铁条弄弯，再把它泡到水桶里。铁条发出嘶嘶声，害怕地缩一下，然后变成黑色。

吭，吭，吭。铁匠铺里光线昏暗下来，一匹马堵住了门口，马车夫克利奇卡先生牵马来钉马掌。我真希望有一位像克利奇卡先生这样的祖父。他嘴里叼一根烟斗，快活地冲我眨了眨眼，说："怎么样，布拉格小伙子，怕不怕马？"

"不怕。"

"那过来摸摸吧，先摸马的嘴巴。"他向我建议。

我还是有一点胆小。站在这个庞然大物面前，马用它的大眼睛居高临下地打量我。我小心翼翼地把手掌放到它的两个鼻孔之间，感受到温暖、天鹅绒般的柔软，一种从未有过的感觉，如此美好，所有的恐惧瞬间烟消云散。我抚摸着马鼻子上柔软的绒毛，它好像也喜欢我这么抚摸它。我又伸长了身子，摸了摸马的脑袋。这感觉太好了！

我一点也不惧怕马。我，一个连贝切克姐姐都打不赢的懦弱的小男孩，现在不怕马了！

"它叫什么名字？"

"那匹牝马吗？她叫福克萨，因为她的毛色像狐狸。"克利奇卡先生叼着烟斗说。

"福克萨！"我对着马耳朵呼唤她的名字。

爸爸也不怕马。他把马的一条腿夹在两个膝盖之间，用铁锉打磨马脚。

围着皮围裙的铁匠莫拉维茨拿了马蹄铁。马蹄铁用火钳夹着，烧得通红。他把马蹄铁按在了马脚上。上帝啊！马蹄铁发出嘶嘶响声，散出难闻的焦臭，我不得不用手捂住鼻子。这样的恶臭我还从来没有闻到过。

"她不会疼吗？"我担心地问。

"不会，那只是角质层！"爸爸安慰我。

然后，他们往福克萨脚掌上钉钉子，像往木头里钉钉子一样。

在马车座驾上

我看到克利奇卡先生把福克萨套到一匹同样毛色的红鬃马旁边。

"吁。"他一声吆喝，福克萨退后一步。当克利奇卡先生站到它身后时，福克萨甩了一下尾巴，把他手上的烟斗甩到了地上。

"你看到了吧，很讨厌的！"他把烟斗在裤子上蹭一蹭，爬上马车座驾，朝我眨眨眼睛，示意我坐到他边上。我当然满心愿意。

我生平第一次坐到马车座驾上。更幸运的是，好心的爷爷把缰绳递到了我手里。如果你没有经历过，是无法体会其中的快乐的。在我前面，两个巨大的马屁股在摆动，当皮绳吱嘎一勒，马匹的肌肉瞬间一绷，便使劲拉动起马车来。然后其中一条美丽的马尾巴鬃毛突然扬起。它要干吗？马尾巴下面出现一个皱巴巴的孔，孔慢慢张开，越开越大，隆起，有东西从里面爬出来……一个甜甜的面包圈！又一个。

"它在排便便！"我开心地朝克利奇卡先生咧嘴笑起来，他再次冲我眨眨眼。

然后，他握住我的双手，用缰绳轻轻拍打在马背上。

马儿得意地小跑起来。马车轻轻摇晃，马鬃毛在风中荡漾。您知道是谁在驾驶整个马车吗？是我！

眼前出现了农庄，马厩就在眼前。到了敞开的绿色大门前，克利奇卡先生接过缰绳。在过道里，我们的马队发出令人难以置信的隆隆嘶鸣。

"妈妈，我知道我将来要做什么了。"在家里我郑重声明，

"我要成为一名马车夫。"

麦茬地

一双赤裸的脚跟在弗拉斯基克的三轮车后面走着，旁边有第二双，还有第三双乳白肤色、曾经套着袜子的脚，尽管在柏油马路上走得小心翼翼，如同走在热炉板上。那是我的双脚。

"不烫吗？"我问。

"不烫。你习惯了就好了。"奥塔回答。

我的双脚尝试踏上滚热的柏油马路，整个脚掌踩上去。

小伙伴们说得对，只要你一咬牙，它可以忍受。

然而，还有另一个艰难的考验在等待我：麦茬。每个人都走在麦茬地里，仿佛一点儿也不扎脚。我刚迈出几步，忍不住尖叫起来，联想到我那死于破伤风的哥哥，因为他的脚踩上了一枚锈铁钉。我赶紧穿上了皮鞋。

"苏切克士兵，把皮鞋脱了！"奥塔将军严肃地下令，"否则，你将永远是一个娘儿们似的布拉格人。"

我只得再次把皮鞋脱下来，战战兢兢地踏入麦茬地。

"我已经记不太清楚。"无腿的弗拉斯基克在三轮车上给我出主意，"尽量滑动你的双脚，不要抬起来。"

于是我的脚在麦茬上蹚过，像在滑冰似的朝前走去。脚底没有那么刺痛了。它根本就不痛！我学会了赤脚走麦茬。

背叛

距我们的洞穴几步之遥是一台变压器。三级水泥台阶通向它紧锁的带报警闪光灯装置的钢铁门。我们在台阶上坐下来，敲打白色、黄色和橙色的砂岩石，直到它们变成一堆彩沙。或者我们吹风笛。我喜欢玩扑克，奶奶却不让我碰扑克牌，说那是魔鬼的图像，无论谁跟它们打交道，都会慢慢走向地狱。但我看不厌那些国王和五颜六色、稀奇古怪的植物图片。那张象征死亡的橡子除外，还有那个红羽毛、蓝耳朵的怪物也让我胆战。如果说某张牌是由恶魔所绘，唯独就是它了。

本来我们可以在洞穴里玩扑克，但是弗拉斯基克的三轮车进不去，而弗拉斯基克是玩扑克的高手。

"可怜啊可怜，我连一张国王也没有。"尽管他哀叹连连，但我知道，这是他的伎俩，最后他总是赢我们。

"今天萨基克去哪儿了？"他打听今天没到场的胖子。

"不清楚。"奥塔说，他必须抓很多张牌，因为手里没有大牌管别人。在等奥塔把手里的扑克按颜色码成扇形的工夫，弗拉斯基克做了件令我百思莫解的事，他在三轮车车胎的钢丝上，用双手弹奏出一曲《假如你有一百只羊，我的姑娘》。他的手指头在两个轮子上来回飞舞，宛如在弹奏竖琴。

"太酷了！"我发出赞叹，"你还会弹别的曲子吗？"

"会啊，但是这个钢丝太滑了。"弗拉斯基克说着从兜里掏出一把蝴蝶改锥，把钢丝拧了拧。

"等我弄到了汽油，我就去找我姐姐。她会拉小提琴。跟小提琴合奏，那音色才美妙呢。"他说。

"要等战争结束了才会有汽油……"小个子摆了摆手。

"你姐姐住在哪里？"我问。

"从洛士伽罗维策①过去。在林子里。她嫁给了守林员。"

此时，在国道拐弯的地段响起了歌声。

"哈依利，哈依拉，哈依利！哈依利，哈依拉，哈依利！"德国人铿锵有力的嗓音。

我们也听到了队列行进的步伐，在歌曲段落间隙，传来步枪枪托撞击刺刀和水壶的声音。队伍一共有三排。头排士兵高大魁梧，金发或红发长腿。后排的士兵短腿，臀部干瘪。最后一排全是小个，他们已经不是士兵，而是一群捷克傻瓜，几个小男孩，大概是在广场上加入游行队伍练走步的。奇怪的是我们这几个赌徒也站了起来，假如弗拉斯基克腿脚健全的话，他肯定也会站起来，因为在那几个傻瓜当中，突然看到了我们的"上校"。他像白痴一样摆动双手，得意地对我们挤眉弄眼。

"蠢不蠢？"小个子说。

"别理他！"奥塔说。

---

① 布拉格以东80公里的小镇。

法庭审判

花圈环绕的洞穴里笼罩着类似葬礼的气氛。奥塔、小个子和我三人都坐着，"上校"作为被告必须站着。由于洞穴的天花板低矮，站立时他的下巴紧贴胸口，这增加了他的负罪感。

"那么你是和德国人站在一边的，对吧？"小个子质问。

"我没有！"他胖胖的脑袋使劲摇晃，松针从头上簌簌往下掉。

"你是捷克人，还是什么？"奥塔问。

"捷克人！"萨基克吼道。

"愚蠢至极的捷克人，我认为！"奥塔说。

被告沉默。

"嘿，说话啊，你是什么人？"奥塔敦促他。

"愚蠢的捷克人！"被告承认。

"因为只有愚蠢的捷克人才会在大街上和德国人一起游行并且唱歌。"

"我没有唱歌！"萨基克否认。

"废话！"小个子吼他，"你跟他们一起唱'哈依利、哈依拉、哈依利'来着！"

"我没唱！就参加了游行！"

"那都是一回事儿。无论你唱了或者没唱，这都是背叛。"奥塔总结，"看到这些，我感觉耻辱。中尉你怎么看？"

"莫大的耻辱！"小个子说。

"士兵苏切克呢？"

"也是耻辱。"我严肃地回答。

"我建议，撤销上校军衔并禁止进入洞穴。"奥塔宣布裁决。

"当然，我们绝不会跟叛徒待在一个洞穴中。"小个子表示同意。

我什么都没说，虽然我很同情萨基克，我还是点了点头。

前上校抹去脸上的泪水。

奥塔默默把头冲洞穴的出口一甩，那个罪人从幽暗中爬向白昼的光亮。他回过头来，哭着对我们喊："我没有唱歌！"

等候胖子们

我的奶奶，很让我吃惊的是，她会采人血。她自己说她在给人拔罐。那些人千里迢迢坐着火车来我们家找她，个个都胖墩墩的。那天，奶奶烧好大浴间里的锅炉，浴室地面是平整光滑的水泥层，还有一条沥血的下水槽。每次奶奶都打发我去火车站守着，说只要看到胖子，就把他们领到我们家来。那天我在站台上等候时，看到一个肥胖的妇女背对我，正吃力地一步接一步从车厢的铁梯子上往下挪，我赶紧上前用双手扶住她肥大的臀部，让她没有顾虑地迈下铁梯最后一级，也是距地面最高的一级。

"您是去找苏切克太太的吗？"我问她。

她满脸通红，像翻倒的火车头一样喘着粗气说："对啊，对啊！"

"那我带您去吧。"

胖子们走起路来步态缓慢，半途不时停下来喘口气，歇一歇。

"天哪，孩子，你这要带我去哪里啊？"她显然被吓着了，当我领着她走到墓地后门口时，铁门上别着一条短短的铁链子，为了不让铁门敞开，这样自行车或手推车就进不去了。

"穿过墓地去我们家，这是一条近道。"我给夫人解释，边说边使劲把卡在狭窄门缝里的胖女士一把推了进去。

拔罐

透过熨衣间靠近天花板的小窗，可以把蒸汽氤氲的浴室一览无余，但需要站到桌子上，脚下再垫上大石块。窗玻璃被水蒸气熏得朦朦胧胧，但依然可以看到一些东西。

奶奶的病人先在热水浴缸里沐浴。然后，再把一身肥肉和脂肪挪到木板上躺下，肚子朝下趴在那里。接下来是特别有趣的奇观。奶奶拿起一个看似理发师用的剪发器那样的银色玩意儿，但比发剪要危险多啦：奶奶把它放到胖子的皮肤上一摁，发剪一划，血珠子冒出来了！就在那一刻，奶奶抓起一个黄铜罐，里面装满酒精的小金杯，她点燃一根火柴，蓝色的火焰霎时冒出来。奶奶迅速把燃烧的铜罐底朝上扣在皮肤伤口上，往下按一按，空气就没有了。这样的吸罐，奶奶在胖子的后背上码了十个。他们躺在那里，发出哼哼声，等待着。

"体内的坏血必须放出去。"奶奶在说。

她把罐子从病人的身体上拔下来，有的罐子自己脱落了。

"瞧瞧血的颜色多黑，这些都是坏血。"奶奶说着把它们倒入了下水槽里。

被抽了坏血的人在门外的长凳上休息一段时间。

"呼吸都畅快多了！"他们很满意。

"是吧？"奶奶笑眯眯地说，淡蓝色的眼睛周围布满了皱纹。

"这花钱都买不到啊。"病人感叹。

"可以花钱啊。一共四十克朗。"我的娇小的祖母应声而答。

纵火犯

过道中庭里响起门铃声。我打开门。外面是气喘吁吁的小个子："跟我走！你一起去看看吧！"

我跟着他跑起来。当我们跑过变压器时，我看到了变故，我们的洞穴在一片火海之中。奥塔和弗拉斯基克都在。我们眼巴巴看着亮闪闪的花圈在大火中化为灰烬，火星和烟雾从我们心爱的密室里飞出来，直冲天际。

"你心里有数吗，是谁干的？"奥塔问我。

我摇摇头，摸不着头脑。

"你会知道的。"

我们走着，在路上我幡然醒悟我们要去哪里。

"我建议将他终身开除出我们这个团伙！"奥塔说。

"当然，直到死！"小个子同意。

"我不知道，伙伴们，这个是否有点过火了？"弗拉斯基克说，毕竟他比我们年长几岁，多一些生活阅历，"也许等他到五十岁时，我们这个团伙已经不复存在。"

我刚想说有道理。小个子抢先表态："我会至死在我们的团伙里。"

因为他挑衅地睥睨我，于是我赶紧说："我也是。"

在萨基克家的栅栏边，小个子用手指打了个呼哨。萨基克手里举着一个咬开的奶油松饼，从屋里走出来。当他看到我们几个阴沉着脸，停下了脚步。

"你站着干吗？到这里来！"奥塔说。

萨基克于是走到栅栏边。

"你以为，我们不知道是谁干的吗？"小个子先开炮。

"你指什么？"

"因为不允许你去那里了，所以你就点一把火，浑蛋！"奥塔骂道。

"你指什么？"萨基克佯装一脸不解，几乎让人信以为真。

"你已被终生开除出我们的团伙！"奥塔宣布结论。

"等你八十岁时，拄着棍，你拄着棍来乞求我们接收你回归团伙吧，你这个臭大粪！"小个子添枝加叶。

我们转身决然离去，留下纵火犯呆呆地站在那里，手里举着奶油松饼。

军团

对前线的战况进展，我还是比较了解的。爸爸每天往粘贴在硬纸板的地图上插上若干小旗帜，平时那张地图藏在双人床底下。到了晚上，爸爸把地图拿到桌上，然后根据伦敦电台广播、美国或者莫斯科的报道，不时挪动那些旗帜。旗帜靠我们越来越近了。

"某个阳光明媚的日子，大舅子，"姑父韦诺斯想象，"我们向窗外望去，将看到哥萨克士兵正用我们家水箱里的水饮马。"（水箱，您不会知道，它是一个圆形铁水槽，安在我们家房屋前，紧挨公路，通过管道接入饮用水。）

"也有可能美国人更早到达。"爸爸挪动西线战场的旗帜，像一个指挥官似的。

"我不这么认为。俄国人，依我对他们的了解，会抢先到这里。"姑父坚持己见。

姑父韦诺斯确实了解俄罗斯人，因为他曾在俄罗斯军团服过役，在前一次战争中跟红军打过仗。他在地图上指给我们看西伯利亚和一条长长的红线，那是铁路线，捷克斯洛伐克军队为了回家，必须在铁路沿线阻击红军。

"它有几千公里长，艾达，一直到符拉迪沃斯托克，我们都要防御。"

"你会说俄语吗，姑父？"我问他。

"只记得几句了。但以前我会说俄语。我还记得如何打招呼。"

"怎么说？"

"你好！或者我还记得：你怎么不觉得羞耻呢！①"

"那是什么意思？"

"意思是：你真无耻！"

"你好！你真无耻！"我跟着姑父重复了一遍，我喜欢这两句。

姑姑像铜号那样插话道："韦诺斯还保留着一件军团制服。他穿上时，可帅了……"

"你穿上吧，姑父。"我恳求。

"不行。不到时候……"韦诺斯说。

"但现在的红军跟你参与阻击的那一拨不一样，对吧？"我安慰自己，因为我不明白为什么韦诺斯那么盼望敌人到来。

---

① 原文为俄语。

"它现在是我们的盟友。"爸爸替姑父回答。

"但军队是一样的，"韦诺斯姑父叹了口气，"只不过是布尔什维克针对希特勒。我们感到万幸的是他们没有跟希特勒联手。否则那将是世界末日。"

"什么是布尔什维克？"我想知道。

"去睡觉吧，"妈妈拿来我的睡衣，结束了聊天，"你不需要什么都明白。"

蜜蜂

因为我们现在是农民，爸爸决定，不仅饲养母鸡和兔子，还要放养蜜蜂和鸽子。他订阅了一本《桥头堡顾问》杂志，里边包含所有的实用性指南。根据那些指南，爸爸制作了两只蜂箱，我们一起给它们涂上颜色，一只红色，另一只蓝色，两只箱子的边缘都涂上白色，这就是我们捷克斯洛伐克的国旗色。当然，这是秘密，我们不会跟任何人明说。

妈妈为我和爸爸缝制了防护纱罩。当我们俩戴上纱罩去看蜜蜂时，看起来更像准备出击决斗的剑客。"关键是见到蜜蜂不要怕，"爸爸告诫我，"因为蜜蜂能从汗水中闻到你害怕的气味，然后刺伤你。"

一揭开蜂箱盖，拉出一板巢框，嗡嗡声扑面而来！数以百计的蜜蜂蜂拥而起，开始扑向我们的防护纱罩，直接在我的眼前爬行，沿着妈妈给我们缝制的防蜂网，我近距离看到了蜜蜂的屁股和那根随时准备蜇人的刺。我感觉，因为恐惧我的额头冒出了汗，我暴露了自己内心的恐惧。"你千万不要害怕！"爸爸重申，他全身被蜜蜂包裹住了。当他想用一根鹅毛将蜜蜂扫进蜂房时，突然那板蜂巢框掉落在地，他戴着养蜂手套的双手一下子护住下腹。

"哎哟！"他一声哀号，从蜜蜂包围中往谷仓方向狼狈逃去。

我紧随他逃脱。在脱粒机上，爸爸脱下裤子，数了数，直接在裆部有三四处蜇伤。

"我们到底是新手。"他慨叹。第二天，他不得不去看医生。

爸爸手拿药膏回到家里时，他告诉妈妈和姑姑卢德米拉说，鲍迪士医生和女护士在诊室里乐不可支，因为爸爸跟他们说："解除痛楚，请保留器具原尺寸。"

虽然我不太明白爸爸说的话，但我也跟着乐起来。

鸽子

根据《桥头堡顾问》指南，爸爸靠灵巧无比的双手制作了一个美丽的鸽子窝。假如我是只鸽子的话，我愿意马上搬进去住。最先我们养了两只鸽子，那是铁匠莫拉维茨送给我们的。它们全身雪白，我提议给两只鸽子取名为彼得和彼得鲁斯卡。

"杂志上写了，我们先要在鸽子窝前面做一个铁罩，让它们慢慢适应。"爸爸照本宣科。他说得有道理。整整十天里，彼得和彼得鲁斯卡站在铁丝网后面，悲伤的小眼睛从囚禁的牢房里望向天空，它们渴望飞翔。

　　然后是胆战心惊的第十天。我爸爸顺梯子爬到上面说："我不知道那个指南写得有没有道理。万一鸽子飞走了，那本杂志我就不再订阅了。"说罢，摘下了铁丝网罩。

　　刚开始鸽子们一动不动，然后爬出了鸽子窝，坐着，仿佛根本没有意识到它们自由了。甚至当我们拼命拍巴掌吓唬它们时，也没有动弹。然后，有一群麻雀低低地飞过屋顶。呵呵！这下奏效了。对，就那样！我们家的两只白鸽悄声用自己的语言交流，有一会儿它们迈开小爪走几步，确认一下自己也长有翅膀。首先展翅的是彼得，彼得鲁斯卡紧随其后。它们在院子上空盘旋了两圈，鸽子翱翔时翅膀摆动的声音真是悦耳啊，然后它们消失在屋脊后面，飞走了。

　　很长时间谁也不说话。爸爸点燃一支烟，紧张地看着手表上的秒针。指针绕行三圈了，鸽子杳无踪影。

　　"《桥头堡顾问》！"爸爸啐了口唾沫，"这是什么狗屁顾问。"

　　我看出来了，爸爸真的很难过。

不许流泪，我给自己打气，双手紧紧握住大拇指①，祈求彼得和彼得鲁斯卡回到我们身边。

应验了！最先，院子里掠过它们的投影，影子再落到鸽子窝上，然后我们的两只鸽子回到了窝里。

"耶，耶！"我欣喜若狂，一把抱住了爸爸。

"它们找回家了！"

火灾真相

墓地墙的一侧矗立着一座墓碑，上面刻着雅罗斯拉夫·赫鲁贝克的名字，生前是储蓄银行的职员，墓地墙的另一侧就是我们的兔子窝。机缘巧合，在我给母兔和它六只美丽的红眼睛卷毛兔崽喂食时，听到了掘墓人库德纳和寡妇赫鲁贝克娃之间的重要对话。

库德纳：哎，我看你新买了一个花圈呀。

赫鲁贝克娃：哦，是的。到时间就得买啊。

库德纳：很精致。有些人压根儿不整理墓地。

赫鲁贝克娃：不可能吧。哦，我以为是火灾的事呢。太平间边上堆了那么多老花圈。

库德纳：对啊。我已经把它们烧掉了。不然多得没地方放了。

---

① 捷克习俗：将大拇指握在掌心举起手，表示祝对方成功。

听到这里，我再也无心逗弄兔子了，撒腿跑去找伙伴们了。

升职

我们坐在变压器前的台阶上。只有萨基克站着。

"算你走运。"奥塔一本正经地说，"多亏了艾达，由此他将提升为下士，他留神听到了掘墓人的对话，否则每个人都认为是你点火烧了洞穴。"

萨基克低垂的脑袋点了点，好像表示对这来之不易的幸福他心知肚明。

"对我们来说也是幸运，如果没有艾达，我们至死都冤枉了萨基克。"轮椅上的弗拉斯基克提醒道，他道出了我的心里话。奥塔虽然很聪明，但在许多事情上，他远不如弗拉斯基克。

"诸位，今天我们所有人相聚在此，可以说是幸运。"奥塔纠正道，"既然是掘墓人点的火，那我们就撤销对你的终身除名。"说完这几句话，他向萨基克伸出手去，我们也一一效仿。出现这样的结果令我喜不自胜，而且我成了下士，所以当轮到我上前握手时，我说："恭喜你如愿归队！"

"那，以后我能去洞穴吗？"等现场气氛和缓一些了，萨基克惴惴地问。

"不能！"中校给他驳回，"那是因为你和德国人一起

156

游行，我们没有冤枉你！"

"不允许你进洞穴，其实密室也不存在了，这个惩罚已经没有意义。"将军总结。

"等几个体面的葬礼过后，洞穴依然会出现的。"小个子希望。

"但必须是非常体面的葬礼，而不是几束花和一个可怜兮兮的花圈过场。"奥塔已动手在洗牌。

"牧师先生说了，在星期日将有一个隆重的葬礼。"祭坛助手萨基克透露好消息，"一个来自霍莱尼策的庄园主，有三个儿子。他本人是消防指挥官。"

"那敢情好！"奥塔感谢他，"消防员们送的花圈，每个儿子再送一个，加起来就不少了。我拿红色。"他开始出牌。

母鸽

我们家的鸽子让我久久提不起兴致，感觉沮丧。两只鸽子只剩下了一只母鸽彼得鲁斯卡。爸爸认为另一只飞走了，也许找到了别的母鸽，待在一起不回来了。我不这么认为。当它们俩停在烟囱上相依相偎时，每个人都能看出来它们亲如一家。姑父哈维尔卡觉得，彼得被猫咪或者貂鼠吃掉了。但不会是我们家的猫，因为家里没有发现羽毛的残迹。心里最难受的是我和我妈妈。有时她会唱"白鸽飞起来，邂逅神的天使"这首歌，嗓音里透出深深的忧伤，我总说："不要唱啦。"

现在，我们家那只白鸽，每天独自停在烟囱上，它始终翘首以盼。

"我可怜的小姑娘，多么凄清孤单，我真心同情你啊。"妈妈喃喃地说。她对我感慨："你看到了吧，动物比人重感情。"

炉灶

漫长的夏天我们家卧室不用烧暖气，但眼下晚上阵阵寒意袭人。于是妈妈从炉膛里扒拉出一些煤灰，给房间添加一丝暖意。她在掏煤灰时对爸爸说："法诺什，去看一眼管道，感觉里边有东西在吱吱叫。是不是有老鼠或者德国女孩？"我已经知道，在乡下硕鼠被称为德国女孩，于是我的心激越地跳起来。

"哪来什么老鼠啊？拜托。"爸爸摇摇头，但为保险起见还是把脑袋贴到管子上倾听。我也把一只耳朵贴上去。的确，管道里有动静。

"我真傻！"爸爸说着从管道孔里抽出钉子，把管道拔离了炉灶，然后把手伸进去。他刚伸进去，吓得立刻缩了回来。

"里边有东西。"

管子里的沙沙声越来越大，一些烟灰扬出来了。

"手套！"爸爸下令，我把煤筐里的手套递给他。

"当心咬着你，法诺什！"妈妈神色紧张。

爸爸戴上手套，大无畏地把手伸入管道。

"不是老鼠。是一只鸟。"他轻声说，我们看着他从管道里慢慢拉出来一只黑鸟。

"乌鸦！"我喊起来。

"哪里是乌鸦啊，"爸爸笑了，"是黑彼得！"

你无法想象我有多么开心。因为我看到，我们丢失的白鸽不仅变黑了，而且还活着！它张开嘴巴在深呼吸。

"水！赶紧，拿水来。它一定渴坏了！"妈妈激动地催促我们，立即把彼得捧到手里，轻轻地摩挲。

我在厨房里接了满满一杯水，凑到鸽子嘴边。

刚开始它不喝，但是当我把它的脑袋浸到水里时，它就喝起来了，跟鸟儿喝水一样，像是在漱口。嘴巴浸入水里，低下脑袋，然后吞咽。一次又一次，没完没了。然后它一拍翅膀，开始打量我们，仿佛回到了家里。

"哎，可怜的小家伙，在里面受了多久罪啊？"妈妈感慨，手指头抚摸着鸽子的额头。

然后是有趣的一幕。妈妈把黑鸽带到后院，张开了手掌。她刚一松手，彼得立刻振翅腾飞而起，烟尘甩了我们一头一脸。它在我们的院子里盘旋一圈，你们说它会去哪里？它箭似的飞向彼得鲁斯卡。母鸽已经望眼欲穿，苦等数日，可是它没有认出彼得来，因为来者通体漆黑，它受惊飞起。我徒然地对它呐喊："那是彼得，你这个傻瓜！它是你老公呀！"

直到晚上，我们那只母鸽才认出了彼得，让它回到了自己身边，进入它们美丽的鸽子窝。

摇蜂蜜

我们在浴室里提取蜂蜜，三个汗流浃背的男人：我，爸爸和姑父哈维尔卡。提取蜂蜜要求高温，否则蜂蜜成不了液态。还不允许开窗通风，省得蜜蜂飞来，生气地扑到窗户上，在玻璃上爬来爬去，因为它们辛劳了一整个夏天，产下蜂蜜，却被我们坐享其成。

但无论如何，我们还是要巧取豪夺。按照《桥头堡顾问》杂志里的建议，爸爸组装了一个采蜜桶。如同机关枪扫射子弹，采蜜桶用来提取蜂蜜。那是一个内部安置了旋转木马的金属桶。小心地将酿满浓稠蜂蜜的蜂巢板插入木马，缓慢地转动曲柄，木马就旋转起来，随后便听到下雨一般的声音。并没有下雨，那是一滴滴蜂蜜洒落到采蜜桶壁时发出的声响。曲柄不是谁都能转动的，必须是行家。爸爸说我有这个天赋。但我不确定，他之所以这么说是否因为他不喜欢摇曲柄。爸爸用叉子剥离蜂窝的盖子，他秃头上的汗滴在高温下闪闪发光。哈维尔卡姑父赤裸上身，专门盯着蜂蜜流过凹槽流入以前装酸黄瓜的玻璃瓶里，瓶口套了一个过滤筛子。

摇曲柄让我的手酸痛起来，但我能挺住，因为在干活时我知道了许多趣事。"你不会相信，艾达，差一点儿我就出生在俄罗斯了。"爸爸说。

"怎么可能？"我惊讶地放下了手柄。

"摇你的，别住手。在你爷爷举行婚礼之前，一个在莫斯科郊外酿酒厂当主管的堂兄捎来一封信，说为爷爷谋了一个好职位，而且路费马上就寄来。奶奶不想去莫斯科，可爷爷说一不二的秉性我们都了解。因为要背井离乡了，为此举办了一场盛大的告别宴会，持续整整两天，直到把寄来的路费喝光花尽告终。"

姑父韦诺斯舔了舔手指上的蜂蜜，哈哈大笑着说："爷爷就那样，要么不庆祝，要么绝对大手笔。"爸爸叹了口气。

我转动着曲柄，听着蜂蜜雨，满心欢喜爷爷搞了那场隆重的庆祝，要不然爸爸就会在俄罗斯给我找另一个妈妈了，我可不愿意。

启动

随着秋天临近，大家都在说用不了多久启动即将开始。我不知道将要开始什么，有什么值得期待。现如今我知道了。在我们镇上只有一家工厂，是制糖厂。这家糖厂全年都是死的，它的存在都属多余。但突然有一天它会复活，高高的烟囱里冒出烟雾。烟雾就像旗子，告知天下：启动开始了。

从糖厂延伸出一条条窄轨轨道，四面八方伸向遥远的田野。滑稽的小机车头拖着车皮每时每刻发出吼叫，车上满载还沾着泥土的甜菜头。

我们专门偷那些甜菜。

"人不应该偷窃，然而在战争期间则另当别论。我们借此削弱敌人的力量。"爸爸振振有词，手里忙着为我制作偷甜菜的工具。那是一根长棍，末端安上一枚张牙舞爪的钉子。

偷窃行动必须在暗夜里进行。我们这一团伙在窄轨轨道一侧冰凉的草丛里埋伏下来。奥塔很内行，知道我们为何选择在这个地段潜伏："火车必须在这里暂停，等待厂里那列空车驶离。"

"如果有人看到我们，怎么办？"寒冷和恐惧让我的牙齿咯咯打战。

"你没长腿吗？"

"来了！"萨基克报告。

小火车从我们身边驶过去。战争期间不允许照明，所以机车司机根本注意不到我们。正如奥塔预测的那样，火车减速了，最后停下来。这是属于我们的时刻。我们几个从草丛里站起来，在黑暗中伸出我们的行窃长棍，魔爪扎向甜菜。咔嚓！

我扎中了一棵大球，几乎拖不动。我兴奋地打量着自己的战果。

"抛进壕沟里！"小个子建议我。

"动作要快，火车不会永久停在这里！"萨基克一把推醒我。

随着一声嘶吼，火车启动起来。我又成功地扎中一棵，总共两棵甜菜。大家把战果摆在一起，真不可小觑，小推车快装不下了。

我们在黑灯瞎火的小巷里推着车回家。

"萨基克，我决定恢复你的上校军衔。艾达将晋升为军士，因为你们在战斗中证明了自己的实力。"奥塔在吱嘎作响的推车声里宣布。

之后，我们每个人将长棍扛到肩上，如同扛起一支长枪，放声唱道："小偷，小偷，日夜游走，他们要偷你，玛瑞娜，你的饭煮好没有……"

我的情绪好极了，因为我证明了自己。

糖浆

卢德米拉姑姑教会了妈妈如何用甜菜熬制糖浆。先将擦碎的甜菜煮很久，煮成浓稠的棕色液体，把黑面包往里面一蘸，吃起来非常美味。假如没有我，就没有这美味糖浆。

"爸爸，尝一下嘛。"我让爸爸品尝。

"爸爸不吃甜食。"妈妈说。

"就尝一口嘛。"我恳求。

爸爸于是舔了一下。

"要不是我的话，德国军队就吃上这美味了。"我将另一块面包浸入金灿灿的甜菜蜜中。

"我们家出了个爱国窃贼呀。"爸爸表扬我的贡献，我的心里美滋滋的。

"但这位爱国人士的鞋脏得像一头猪！"爷爷用他讨厌的拐棍尖头指着我脚上的皮鞋。

偷糖行动

假如有人不知道蜜蜂在冬天必须喂糖的话，那我来给他启蒙。必须将大量的糖与水搅拌在一起，不然蜜蜂们会死去。然而在战争年代，糖是配给供应的，跟面粉和面包一样。什么都要凭食品券才买得到。

如果说我在偷窃甜菜时曾感到害怕，那它跟我被派去厂里偷糖那巨大的恐怖相比，根本就是小巫见大巫。在启动的日子里，爸爸在制糖厂上班。萨基克爸爸也在那里工作。这使得我们晚上有机会被放进工厂里，因为我们要给爸爸送晚餐。

说起偷糖，首先你得有勇气，其次要穿一条肥大的灯笼裤。灯笼裤就是为这种行动直接缝制的。此外，妈妈还缝了两个系着绳子的布袋。出发之前，我妈妈和姑姑必须给我特别装备一番。

我钻进灯笼裤里，膝盖以下系上布袋，但先让它们的口敞开着。

"站直了，让我们量出正确的长度。"姑姑在我的肩胛骨之间扒拉，用一根绳子测量，从一个膝盖的袋子绕过我的脖子到另一个袋子，就像系在一根绳上的两只手套，以防丢失。

"天哪，孩子会被关押起来的！"奶奶在炉灶旁边悄声说，她在那里挑拣豌豆。

"别担心，妈妈，不会的。"姑姑喊道。

这些话可以从女人口中轻描淡写地说出来，但我感觉不舒服。

捆绑袋子的绳子长度合适了。布袋子垂在我两腿间，我可以把灯笼裤提到腰部了，挂上吊带。

"孩子在哆嗦啊。"妈妈发现。

"别哆嗦！"姑姑使劲在我背上拍了一把，"你不是孬种，对不对？"

我点点头，但要说我无所畏惧，那也不是。

制糖厂

糖厂即使在夜里也照常运转。现在是傍晚，车间的大窗户被堵得严严实实，防止工厂被美国空军发现，但这里和那里总有光束透出来，钻入黑暗之中，照亮从厂房各种孔眼、缝隙和烟囱里冒出来的丝丝缕缕的白色蒸汽。

厂房门口有一名德国士兵守卫，肩上扛一支步枪，头戴一顶罩住耳朵的帽子，还有一个捷克门房，是麦利哈列克先生。

"晚上好，麦利哈列克先生！"萨基克跟他打招呼，同时打开手里破旧的提兜，让门房往里扫一眼检查。

"你们好！"麦利哈列克先生回复，也看了一眼我的晚餐提包。

我们走进糖厂的院子里。"上校"领着我绕过成堆的正冒着热气的甜菜切片。糖厂里充斥着说不上香臭的气味。有些气味刚闻到感觉挺愉快，会说，嘿，真香，但闻第二次的时候，宁可屏住呼吸了。火车吼叫着又运来几车皮新的甜菜。好几辆马车在排队等候拉走那些热热的甜菜片，拿回去可以喂牲口。到处是泥泞，下不去脚。

我们跨过铁门走进车间。温暖和灯光顷刻间将我们裹住。在热乎乎、甜丝丝的空气中夹杂着嗡嗡噪音，还有嘶嘶声、敲打和咀嚼声。很快我发现，这些声音是那几条宽宽的履带发出的，它们在一个大铸铁轮和一个小铸铁轮上传送。跟小铸铁轮并排还有更小的轮子，由别的履带带动，机器就这样被驱动起来。

爸爸手拿一个油壶在给各种大小轮子和轴承加润滑油。当带刻度的玻璃壶中的油柱低下去时，爸爸就用油腻腻的大铁油壶往里添加。我们在金属扶梯和行人天桥上来回奔跑着玩,在天桥上能看到带栈桥的锅炉和带叶片的运输带,运输带不停地吐出金色的糖粒,形成一堆堆小山似的尖垛。这家糖厂不生产白糖,就制造金沙般的黄糖。在其中一座糖山边上,爸爸谨慎地四处巡视一番,说:"就这里。"

我知道自己该上场了。爸爸走开了,留下我一个人。我的心怦怦跳起来。我听见自己的小灵魂在抱怨:人啊,你们想让我做什么?我不是英雄。你们给我安排了什么样的任务啊?

但随后我看到爸爸正从天桥上注视着我。他的脑袋一甩,意思是说:怎么回事?

我双手哆嗦着解开了裤子,从裤腿里拉出第一个布袋,佝偻下身子将一捧捧糖填满了袋子。糖温暖而粗糙,大晶粒闪闪发亮。我舔了一口,味道不同寻常却非常好吃。第一袋装满了。我抬起头,爸爸颔首赞许。我做得很顺手。我的鼻子冒出了汗,因为这里太热的缘故。一双穿胶靴的脚朝这边走来,我一下子僵硬了。脚无声地走过我身边。我把第二个袋子装满,扔进裤腿里。现在,我可以系裤子了。我的脖颈上紧紧卡了一根绳子,表明我的负载很重。爸爸从楼梯上走下来,把提兜还给我。

"怎么样,还好吗?"爸爸拍拍我。

"好。"我笑着回答。

"那回去吧。"

我往回走，每迈出一步我膝盖边的负荷都在滚动。我暗自说，我必须装作若无其事。可是我的小灵魂不依不饶：你还没有赢呢，伙计，你等着门房搜身吧。

在铁门边，萨基克上下打量我。

"拿了吗？"他开心地问。

"拿了。"我低声嗫嚅，然后，跨过庭院朝门房走去。

德国士兵正抽着一支烟，在呵呵笑："啊，我们的孩子！"

麦利哈列克先生看了看我们的空提兜，然后站到萨基克面前，双手在他身体上下摸索起来。哦，天哪，我吓坏了！门房现在站到了我的对面，以一种奇怪的意味深长的笑直视我的眼睛。然后，我感觉到他的手在往下摸索，再往下，接近膝盖了。别再往下了！我祈求神助。麦利哈列克听到了。恶心，走吧！

从门房出来，我们老实地走了一段路才放松地蹦跳起来。

别跺脚

"快让我们看看，我们的冒险家。"妈妈解开我灯笼裤的裤腰。

卢德米拉姑姑也好奇地伸手摸我的裤子，看里面是否有鼓鼓的内容。她这样做，也揭开了一个让我脸面尽失的事实。她用鼻子嗅了嗅气味说："这里……好像……"

"有股骚味，对不对？"妈妈也说，看我的短裤。

"那人从上到下地搜身。"我给她们解释，"再往下一点点，就露馅了！"

"麦利哈列克吗？"姑姑哈哈大笑起来，"那人你根本不用害怕。你们往外拿糖，他都知道。"

"那你们为什么不早点告诉我？"我气愤地一跺脚，委屈地哭了起来。

"别跺脚，艾达，糖袋子会掉下去的。"妈妈安慰我，伸手去掏裤子里的糖袋。

"真棒！"卢德米拉姑姑掂了掂我的打劫战果，好在一点都没有弄湿。

"哎呀，差不多有一公斤了。可怜的孩子，他都吓尿了……"

家庭相册

我时常和妈妈共同翻阅一本称为相册的书。里面的纸张是黑色的硬纸板，纸板上面的照片嵌入透明的相角里。

我哥哥葬礼的照片占据了两整页。他梳中分发型，静静地躺在打开的棺材里，如同安睡。照片清楚地显示火葬场里去了多少个身穿黑色礼服的客人，带去了多少花圈和花束。我不喜欢这两页，因为妈妈每次都要把手伸进围裙口袋，掏出手帕。

我喜欢婚礼照片，照片上的爸爸那时还有一头浓密头发，妈妈美丽得像电影明星。还有爸爸和爷爷的合影，两人手里都牵着一根马缰绳。马儿们系在谷仓前面的台阶上。但那个谷仓比现在的大两倍。妈妈说爷爷曾经拥有一个大农庄，后来不得不卖掉了一半。那另一半就和我们一墙之隔，现在帕斯奇科娃大妈住在里面。

"为什么我们不再养马了呢？"我问。

"马也不得不卖掉了。"

"可是为什么呀？我可以驾驭它们。"

"说来话长！"妈妈叹口气。

相册里还有爸爸所有的兄弟和姐妹，一共九个。这就是我为什么有这么多叔叔和姑姑，我都分不清。其中有一张脸被铅笔涂黑了，脸部全是黑影。

"这人是谁？"我问。

"那是狼。"

邂逅狼

当一个小孩独自在田野里行走，遇见成年人时，我倒是想知道，为了避免问候那个成年人，您会怎么做。

我走在公路上，往前踢着一颗小石子，我的眼睛更多盯着地面，而不是朝前看。突然迎面走来了狼，跟他打招呼是被严禁的，因为他差点把奶奶勒死。他手牵一头流着哈喇子的牛，要去什么地方。没有地方可以躲避或藏匿。我身体里的血液冻结了。狼越走越近。爷爷的声音在耳边回旋：遇见这个人你不要问候，永远不许跟他说话。

狼和我近在咫尺，爷爷的声音越发凌厉：遇见这个人你不要问候，永远不许跟他说话。

不知道为什么我抬起了头，也许出于好奇，因为我从来没有如此近距离地见过狼，我看到了狼的眼睛，和奶奶的一样，淡蓝色。

我几乎张开了嘴巴，懦弱地想问候他，此时牛发出了"哞哞哞"叫声。

牛为我解了围。我跟狼擦肩而过，没有问候。我做到了，对此我却慌乱无措。

农夫

我的沮丧情绪稍纵即逝，心情很快晴朗起来，因为一跳过壕沟，我发现自己落在一块耕地里，我最爱的朋友克利奇卡先生正在地里忙碌，他和我的心爱之物——两匹狐狸色的马儿在犁地呢。在它们身后是一群白色的鸥鸟，巧妙地俯冲向黑土疙瘩，叼出一条条蚯蚓和恶心的肥白幼虫。我向马儿直奔过去。克利奇卡先生对我眨眨眼，把手里的缰绳递给我。我朝没有犁过的地头走去，克利奇卡先生在后边的犁沟里跟着，扶住两个犁柄。犁铧哗哗耕着土壤，翻出亮光光、黑油油的土层朝向天空。汗湿的马身上散发出热乎乎的气味，我贪婪地嗅着。

在地头，我们停下来让马儿歇息。我走到前面，抚摩着马的脑袋。

"我的马驹呀！"我悄声低语，疲惫的马儿用鼻孔朝我吹出一股股热气。

克利奇卡先生背对着我解开裤口撒尿，口中断断续续吹着口哨。那股尿柱，我暗自想，耳边传来强有力的冲击声，就好像把水龙头拧到了最大。随后，我发现他吹口哨是为了暗示马也一起撒尿，其中一匹牝马往垄沟里尿出了缆绳一般粗的尿流。

"克利奇卡先生，听说这些马不属于您？"我问他。

"对。是我女婿巴尔托什的。我已经退休啦，孩子。"克利奇卡先生说着，往手指里擤了一把鼻涕。随后手指一甩，一串鼻涕便落在草叶上摇曳起来。这种擤鼻涕的方法很巧妙，省得用手帕。我也尝试了一下，却学不会。鼻涕都留在了手指头上。

我们继续回去犁地。那些在空中翱翔的鸥鸟，朝我们一次次俯冲下来。

在学校里

我们的菲特洛娃老师不像个布拉格人。我都不愿意让她亲我一下。她骨瘦如柴，胸部扁平，两片嘴唇也薄薄的。

"以后你也许能成为一名医生。"她站在我身后，一边看我写字，一边这么说，"你写的字没人能看明白。"

全班哄堂大笑。

她和我们说的话也奇怪隐晦，没人能听明白她到底想说什么："孩子们，我要向你们宣布一个重要消息。德国军队，你们大概知道，在敌军面前节节后退。真是谢天谢地……但是这不是撤退，要说溃退也不尽然，还没到时候。德国军队，就像收音机里说的那样，撤退到了预先规划好的地方，在那里防御一阵，然后继续撤退到下一个防备点。这么一来，他们离我们就越来越近，会出现越来越多的死者和伤员。伤员如此之多，孩子们，他们已经无处安置。所以，德军要把我们的学校改成军医院。"

"老师，什么是军医院？"小个子萨基克提问。

"孩子们，伤员就是病人，住在军医院里。所以到时候，我们学校里取代你们的，是那些德国伤员。"

"那我们去哪里呢？"我问道。

"我们嘛，孩子们，只能搬到老学校去，可是老学校容不下这么多学生，所以我们将轮流上课。这就是说，有些班级在上午上课，另外的班级安排在下午。"

"那个军医院会一直在吗？"

"不会，不会一直在，艾达，总有一天我们会回到自己的教室里，而我希望这一天尽快到来。"菲特洛娃老师将自己纤薄无肉的嘴唇抿成弧形，转过身去背对我们。再转过身来时，她没有表情地对我们说："你们回家之后，把这件事转告你们父母。"

铃儿响叮当

雪铺天盖地而来！乡村的雪野比布拉格壮观多了。在布拉格，皑皑白雪第二天就覆盖上一层煤烟尘。在克里奇卡先生养老的巴尔托什农庄院子里，白色一片，仿佛盖上了一条厚厚的羽绒被。

我们从马厩里牵出两匹马来。一匹归克利奇卡先生，另一匹由我拉着。

"这么大的雪，你没见过，是吧？"我对手里的牝马说，冬天因为长时间待在昏暗的马厩里，马儿见到白色兴奋极了，不知道自己的马蹄踏进了哪里。

我已经学会套马车了。我看明白了，套雪橇跟套马车是一回事。在马屁股后面固定住皮带之后，我走向马头，套上连接马杆的马嚼子。克利奇卡先生用抹布掸去座驾上的灰尘和谷糠，铺上一条毯子。雪橇还没有上过雪地，一直摆在光裸的脱粒架上。我们在雪橇上坐下来，把双脚裹进毯子里。

"驾！"克利奇卡先生一勒缰绳，对马儿来说把我们拉出谷仓跟玩儿似的，虽然雪橇涩涩地摩擦着地面，磕磕绊绊。来到雪地里，我转身看到后面留下一道黑色的小径，然后是锈迹，然后锈色越来越浅，变成两条洁净的白色轨道。马儿自己嘚嘚小跑起来。

"需要转几圈热热身，一冬天了，让它们舒张一下血脉。"克利奇卡先生对我嚷道，因为他习惯于让自己的嗓门盖过马车的轰隆声。然而在这里他用不着高声大气，因为雪橇行驶在雪地上悄无声息。乘坐雪橇时最美的就是这种寂静。你听不到马蹄铁，听不到雪橇，只有车辕和挽具之间的摩擦和马匹不时打出的快乐喷嚏。

"喂！你们好！"萨基克、奥塔和弗拉斯基克朝我们喊。

"克利奇卡先生，把他们捎上吧！"我开口请求。

克利奇卡一把拉住缰绳，男孩们没等雪橇停稳就跳上来，四仰八叉瘫坐到后边庄园主的座椅上。我们无法捎上弗拉斯基克，只能朝他挥挥手。我暗自希望克利奇卡先生能把缰绳递给我，因为这会让我在伙伴面前挣足面子。

我看着他，他心领神会，把缰绳递到我手里。

我幸福极了，马儿们同样。这种轻松的出行遛弯，马儿们难得一遇，它们从来都是负重前行。所以这次出游让它们兴致盎然，欢快驰骋，昂着脑袋，鬃毛飞扬，鼻孔呼出的水汽如同机车蒸汽一般。

跑出小镇很远我们才停下来，克利奇卡先生将手伸到雪橇座驾底下的木箱里，掏出一样东西，拿着走到前面，挂在左驾牝马的轭上，然后在右边的轭上，我们车夫称之为右驾，也挂上一个。是一对儿铃铛！

回程途中，双驾牝马每迈出一脚，铃铛就叮当作响，跟我在收音机里听到的童话故事一样，叮当声欢快。

一次军事访问

当我们的雪橇驶进巴尔托什农庄院子时，看到他们家来了客人。巴尔托什先生和一位德国军官从马厩往外走。他指着里面，德国人点头。然后他指了指克利奇卡先生，德国人再次点头。我们觉得很纳闷。然后两人握手，德国人离开了。

"他们要寄存一匹马在我们马厩里。您需要带它出去遛。"巴尔托什先生说。

"我吗？"克利奇卡先生问。

"对啊。"巴尔托什回答。

克利奇卡先生往手指里擤完鼻涕，一把甩进雪地里。

鹅绒羽毛

作为在城里长大的孩子，我从来不知道羽绒被是怎么做成的。在卢德米拉姑姑熨烫被单的那间屋子里，暖气烧得热热的，谁的手闲着，都来我们家帮忙拔鹅毛。只有爷爷不参加，他说这种活不是爷们儿干的。此外，他需要休息。拔鹅毛是个细致活，非常耗工夫，因此会请左邻右舍来帮忙。大家围桌而坐，用手指头拔下鹅毛管上的细软绒毛，放到自己面前的一堆里。干活时不能打喷嚏，不能咳嗽，不能使劲呼吸或大笑，否则那一团团柔软的羽毛会升到天花板上去。所以干活时悄声聊一些严肃的话题，我喜欢听。他们说，让我拔鹅毛就如同让一只狗去放牧，所以我干脆跟猫咪蜷缩到那张旧毛绒扶手椅上，平时坐在扶手椅上休息的都是那些刚让奶奶拔完罐放了血的胖子。我闭上眼竖起耳朵。他们以为我睡着了，其实没有。

来我们家帮忙的有隔壁的帕斯奇科娃大妈，还有对门的克利奇科娃老太太，她俩挨着坐在一起，看上去像双胞胎，因为乡下所有的老妇人都围一方头巾，整张脸上只露出鼻子和皱纹。

"都是卡尔班①坏的事儿。"克利奇科娃老太太说。

我以为她在说油漆匠卡尔班先生呢，但后来听出说的是扑克牌。

"他中了邪似的，上瘾了。"我奶奶低声说，"我曾经跪着求过他，求他作罢，然而枉费口舌。这就像是得了病，每天晚上必须上酒馆去。"

"奶奶，难道您不知道他已经输得一文不名，还借了赌债？"我听到妈妈的声音。

"我哪里知道啊，孩子？"

"谁也不会想到的。"卢德米拉姑姑说。

---

① 一种扑克赌博游戏。

"这样的人，还不少呢。"帕斯奇科娃大妈悄声说。

"如果你想提那个忘恩负义的狼，大妈，您还是换个话题为好！"卢德米拉姑姑厉声吼道，我赶紧睁开眼睛，看到她面前那堆绒毛漫天飞舞。

"我已经闭嘴啦。"大妈叹口气，双手小心翼翼地把自己那堆羽毛转移到帆布袋里。

这一回我了解到，我的爷爷曾经有过好几匹马、四头牛和大片田地，因为玩扑克输掉了全部家产。

银草甸

雪刚刚落过，一条条银线又从天而降，撒满大地。老一辈都没有见识过，草甸子能变成一片银色。我们跑出门去捡，怀里抱回一堆闪光铮亮的银丝带。

"这是美国人空投的。"弗拉斯基克给我们解释，他什么都懂。

"为什么？"小个子好奇。

"为了干扰德国人的雷达。雷达是用来探测飞机的。美国人在空中抛撒这种锡纸，为了迷惑德国人，让他们以为探测到了炸弹。"

"哇！这招太绝了！"奥塔惊叹。

"跟猴子一样聪明。"弗拉斯基克顺手捡起美国的银丝带，说道，"你们知道美国飞机有备用油箱吗？"

所有人都摇头，表示不知道。

"因为轰炸机需要消耗大量汽油，所以在机翼下方垂挂一个悬浮油箱。空气动力学原理。"

我们纷纷点头表示认同，仿佛除了空气动力学，其他都是无稽之谈。

今晚我必须问爸爸，空气动力学是什么意思。

学校搬家了

士兵们从学校里搬出课桌椅，放进了铁架子床、折叠床和各种箱子。我们好奇地观望。他们在学校院子里还搭起一个野外厨房。

他们砍来木材，烧起了锅炉。这时一个叫施卡罗德的男孩朝我走来，说："你是不是想找抽？"

我不明白为什么总有人这么想，好像我理应受到这种待遇。

"为什么？"我反问。

"我已经注意你很久了。你以为你来自布拉格，头戴这么一顶愚蠢至极的帽子，就不该挨揍吗？"施卡罗德猛地一拽我的帆布帽帽檐。平时我总戴帆布帽，避免中暑。感觉眼前一黑时，我赶紧一闪腰，以为他会打我。然而我没有被揍，却听到了好朋友奥塔的声音。

"有什么误会吗，施卡罗德？"我们的老大心平气和地问。

"下次再找你算账！"那个白痴边威胁边开溜了。

从学校院子里款款走出一匹健壮俊美的白马，身上镶嵌着几处黑斑。马身后拉一辆平板车，车上载着几个水桶，还有灰色的军用集装箱。马车因为安上了轮胎，静静地走着。你们知道谁是马车夫吗？是我亲爱的克利奇卡先生。

他朝我眨了眨眼睛，拍拍身旁的座位，示意我坐上去。

但他错看我了。

我摇摇头，用非常冷漠的眼神望着他，让他知道，他愿意为敌人效劳，而我绝不苟同。

"做得对！"奥塔称道，"去他的吧！"

失去了这样一位好朋友，我感到惋惜。然而，我感到欣慰，因为我问心无愧。

施卡罗德

"三包卷烟纸。"我对烟草店小窗口的女士说。

我走在广场上，一边打量手里粉红色扁平盒子上的蜻蜓图案。这时，我撞到一个人身上，卷烟纸掉到人行道上。是施卡罗德，显然他是故意挡在我前面的。他邪恶的眼睛眯成一条细缝。

"你撞谁呢？"他气势汹汹。

"我没有留意到你。"我捡起地上的卷烟纸。

"在我们这儿，走路时你得长点儿眼睛，跟在布拉格一样，亲爱的。"施卡罗德挡在我面前教训道。我想躲闪开，他却跟着我的身体移动。

"我不想碍你事，让我过去！"我尽量尝试和解。可他却说："看样子，你想找抽啊……"

我想起了贝切克姐姐和那次失败的教训：躲开第一击，然后发起进攻。施卡罗德出师不利，第一巴掌从左边扇过来时，没有打中，因为我敏捷地猫腰躲开了。我应该立刻转入反攻，却做出了令自己都意外的举动，我发现自己在逃跑。似乎有个声音在提醒我说，走为上策，没有人能阻挡你。

施卡罗德在我身后紧追不舍。我跑出了惊人的速度：你甭想追上我，施卡罗德，跑步我可在行，尤其在我害怕的时候。我撒开腿猛跑，不时回过头去看他离我多远。这下好了。我锁上墓地的后院门，选择在小教堂边上的沙道拐弯。我身后施卡罗德的脚步声突然停止了，我惊恐地看到他在坟墓之间迂回，想抄近道截住我。但这让他付出了代价，因为他在一块墓地边上摔倒了，这帮我赢得了时间，赶在他前面钻出墓地的前大门。

距我们家门仅几步之遥了。但愿大门没有锁上。姑姑习惯锁门，爸爸不锁门。是爸爸！家里的那扇大门如同通向救赎洞穴的门户，一口将我吞没，我迅速转身拧上了门锁。

我靠在大门上，气喘如牛。听到门的另一边传来施卡罗德的喘气声。

"你跑不出我的手掌心。等着瞧！"他声嘶力竭地喊道。

进攻

爷爷坐在院子里。

"你慌里慌张跑什么？"爷爷问我。

"我必须跑！"边说我边跑上楼梯，想上阁楼去观察施卡罗德是否还在门口守着。阁楼上的房梁之间，有张开的无线电天线，还有晾晒烟叶的绳子，因为爸爸自己种植烟草。我钻过绳子，扶住横梁走近半开的天窗。施卡罗德在下面等着呢。他走过来又走过去。当我抓住一根房梁时，有样东西落到地板缝的煤渣里，阁楼的地板填了不少煤渣。掉下来的东西很长，用布满尘土的纸包着。从裸露的那一截条纹桅杆我认出来，是爸爸秘密藏在阁楼上的我们的捷克斯洛伐克国旗。我把国旗放回梁上，然后心生一计：用煤渣袭击施卡罗德。

我挑了一块瓷实的，瞄准施卡罗德砸下去，击中他的肩膀。

他一惊，往旁边一跳，抬起头来骂道："你这个胆小鬼！娘娘腔的布拉格佬！有你的好看！你给我记着！"

"你在这里嚷什么？"爷爷突然从门里走出去，用拐棍指着他说，"滚回家去，小浑蛋！"

撒谎

"你跟施卡罗德有什么过节？"爷爷盘问我。

"我们在广场上碰到了……然后就比赛跑步，看谁先到这里。"我说，因为事实差不多也是这样。

"你先到了这里。"爷爷干吐了一口痰。

"是的。"

然后，爷爷走到木墩子前，抓起斧头。

"你过来。"

我迟疑地走过去。爷爷把一截不怎么粗的木桩放到树墩子上，把斧子递给我说："把它劈开。"

我试着砍了下去，斧子卡在木柴里，动弹不了了。

"那里有结节①。"爷爷说，"它很硬。告诉我你姓什么？"

"也是苏切克。"我嗫嚅。

"所以不要辱没我们的名字！"爷爷啐了口唾沫，把木桩扔了回去。

我下定决心绝不辱没我们家的名字。我要强硬起来。

在任何情况下绝不表现出我愿意挨揍。

在爸爸的工作台上，那里从来都是难以置信的一团杂乱，在各种铁钉、电线和锡块之间，我找出一对生锈的哑铃。我需要它们，就像人类需要盐。哑铃很沉。我把它们举起又放下，注视自己瘦弱的胳膊上的肌肉是否绷紧了。

----

① "结节"和"苏切克"的捷克语发音一样。

自制卷烟

　　因为爸爸是个烟鬼，而在战争期间纸烟是配给的，于是他自己动手，用自种的烟草自制卷烟，取名"家乡"牌。他攒成了一台带长柄的特殊机器，能把干烟叶切成细长条，再用刀切成短小的碎片，然后将它们倒入神奇的卷烟机中。卷烟机看上去像一个银色的烟盒，里面有一块小布，在上面铺上软软的卷烟纸，撒上烟草，在纸的边缘蘸上唾液，当银盒关闭时，一根卷好的纸烟就从中滚落出来。

　　到了晚上，爸爸和哈维尔卡姑父就一边自制卷烟，一边收听伦敦电台。我在旁边欣赏一会儿，然后被赶走，上床睡觉，但他们允许我半掩房门，这样卧室里不至于太冷。我听到外国电台的声音，被禁的频道越来越远，直到消失在静默之中，之后再次清晰起来，就像一阵风刮来似的。播音员突破电磁波干扰的丛丛灌木，我重又听到那些神秘的消息：贝德里赫，我们在第二站台等你。贝德里赫，我们在第二站台等你。夏娃不怕亚当……

　　哈维尔卡姑父说："嗯，大舅子，这是你的房子，你来做决定。"

　　"我心里很清楚，非常清楚。"爸爸若有所思地回答。

　　"这需要一个小时，他准备好，然后发送……"

　　"这我清楚，非常清楚。"爸爸重复道。

　　"在被发现之前他就得离开。必须在午夜前后。我会在外面望风，如果有情况出现，我会给出信号，他可以穿过墓地消失。"姑父说。被灯光照亮的门缝向我透入了一个危险的秘密。

炸弹

大家都知道我会牧鹅。我们家只有两只鹅，我们的女邻居、庄园主帕斯奇科娃大妈听说我这个牧鹅小童挺可靠，就把自家的一只鹅也交给我去放牧。

要是有人觉得鹅很笨，那他就想错了。鹅比母鸡聪明多了，也许是因为鹅脑袋更大，装得下更大的脑子。如果您想赶着三只母鸡沿公路走到草坡上，那是不可能的。可鹅就不一样，只需扬起两只手驱赶，它们马上能明白您的意图，乖乖地，摇摇摆摆走在您面前。当它们跟人熟稔之后，还会成群结队跟在人后面，像训练有素的军队。

我的那几个死党正坐在变压器前的台阶上打扑克。

"嘿，小鹅倌儿！"弗拉斯基克在三轮车上跟我打招呼，"你穿了条新裤子呀？"

"嗯。"

"我看，像灯芯绒的。"

"用我爸的裤子改的。"我回答。

所有人用手搭起凉棚朝天上看，阳光强烈。

"那是什么？"我问。

“美国人。少说得有一百个。”萨基克说。

我也往天上看，但什么也没瞧见。我把鹅们赶到草地上，让它们自己吃草。远处传来奶牛哞哞的叫声。我瞥见了被禁止问候的大伯狼，正把奶牛往草甸里引。我在天幕上徒劳地搜寻。

“他们在哪里啊？”我大声问小伙伴们。

“在特别高的地方。比一万米还高，枪都射不到的地方。”弗拉斯基克回答我。

我躺倒在草地上，寻找那些美国人。此时才听到远处低沉的轰鸣声，然后我终于发现了——一大群银色的小十字架在万里无云的蓝天里缓缓前行。

“我看见了。”我朝伙伴们欢呼。

那些带翅膀的小别针飘浮在天上，在阳光下闪闪发光，就在我盯着它们看时，突然觉得好像有银色的细长东西从飞机上掉下来。我甚至听到了坠落的声音。骇人的呼啸声越来越尖厉，那些东西朝我们袭来。

“是炸弹！”萨基克惊恐地喊起来。

巨大的恐慌将我淹没，因为炸弹直冲我们而来。鹅也吓坏了，它们嘎嘎乱叫，胡乱扑棱着翅膀，半跑半飞地朝公路奔去。

我一骨碌翻转身体，迅速脸朝下趴进草地里。

呼啸声先是朝我的脑袋逼近，随即是金属片发出空洞的咣当声，然后是无边的寂静。

那些吓傻了的鸟儿先回过神来，重新展开歌喉。我的鹅也都回来了。

"在小溪里！"我听见奥塔在说，"谁都别过去！那还没爆炸呢！"

我坐起来，看见自己的手和腿在瑟瑟发抖。

我听见弗拉斯基克说："那不是炸弹，哥们儿，那只是普通的汽油箱。当燃料用完之后，被随手扔下来的。"

还好弗拉斯基克懂得这些，我松了一口气。

大家朝小溪跑去，那东西像一条陷在淤泥里的银光闪闪的大鱼。

"这真的是油箱吗？"奥塔手里撅着柳条，不放心地问。

"嗯，确实是。"弗拉斯基克平静地回答。

奥塔用手指头小心翼翼地敲了敲那鱼雷似的玩意儿。听起来里面空空的，也许真的是一个空油箱。

"可以用它做一条美丽的小船。"小个子建议。

大家已经不再害怕，一起出手把它推倒，拖到岸上。但油箱里还有东西在晃荡。

"我看里面至少还剩有二十升油。"奥塔推测。

我迎来了我的辉煌时刻，因为是我最先想到的。

"汽油可以给弗拉斯基克！"我说。

所有人扭过头来盯着我，像注视一个天才。随后，奥塔俨然司令官那般环视大家，下令道："把它藏到花圈堆里！"

我们扑向这铝制的鱼雷，把它拖到太平间里。太平间里没剩下几个花圈，做不成一个洞穴，但足够掩藏我们的汽油箱。

待一切都搞定之后，我四下搜寻我的鹅们，它们若无其事，正自顾自吃着草呢。不妙的是，不远处一头奶牛也在吃草，奶牛旁边站了一个人，正朝我们这边张望。那个人什么都看到了，他是狼。

两个宪兵

男孩们坐在变压器前的台阶上，继续玩扑克，就像什么也没发生似的。不到一刻钟，来了两个宪兵，我们心里的石块落下了。原本来的也可能是德国人，而不是卡林纳先生和小猎人先生。

"小伙子们，"卡林纳问，"你们见到什么东西落在这里了吗？"

"见到了。"奥塔回答。

"落哪里了？"

"那我们就不清楚了。"

"它是从哪个方向掉下来的？"小猎人先生摘下头上的灰绿色毛毡头盔，擦了擦汗津津的额头。

"我们不知道。当它发出呼啸声，我们顺耳听到了。"

萨基克煞有介事地说。

"我认为往那边去了。"奥塔指着花园说。

"我觉得是在那边。"弗拉斯基克指了指左边那一大片。

"你看，没个准信儿，伙计。"卡林纳对小猎人说，"我用脑袋打赌，它就落在附近某个地方。"

两人朝花园走去。

灌汽油

挨到晚上，我们几个才在太平间后面碰头，实施下一步行动。我们每人从家里带来一个空瓶子，奥塔拿来了漏斗、钥匙扳手和手电筒。那个巨大的油箱底部有排油孔。我们把它一拧开，一股航空汽油带着浓郁的芳香喷射到漏斗里，没完没了。

"流得多带劲儿，是吧？"小个子发出感叹，"这么多汽油，他们随手就扔掉了。"

"哥们儿，这么几升油对于轰炸机来说只是沧海一粟，就好比给牛喂覆盆子。"奥塔小声嘟囔，"但对于弗拉斯基克来说，就等同于给牛喂了成吨的覆盆子。"

"航空汽油，给他能派上用场吗？"我小声问。

"怎么会不好使，哥们儿。"奥塔安慰我，"他就需要注入汽油，他那辆车有二冲程马达。"

我们把灌满汽油的瓶子藏到花圈下面。随后，我们抓起那个排空了的油箱，把它扔回到小溪里。我们在溪水里洗手，甚至涂上难闻的河泥搓洗，仍然能闻到手上的汽油味儿。

"我们各自分头回家。"奥塔下令，"小个子沿那排菩提树，艾达穿过墓地。"

脚步声

我们家跟公墓一墙之隔。对我来说，夜里在公墓里穿行并非难事。然而这一次感觉诡异。您知道，墓碑在晚上比白天显得更大，那些用粗糙石块做成的墓碑黑乎乎的，而用光滑大理石制作的墓碑则在月光下闪着寒光。灰色的照片里，逝去的留着胡子的农夫们和围着头巾的老妪们，都冲你眨眼睛。孩童的墓碑矮一些，上面也贴着照片——扎着辫子的小女孩儿和翻着海军领的小男孩儿都在微笑。

这些都吓不倒我。但有别的东西，有人在尾随我，我能听见他的脚步声。我停下来时他也停下，四周是死一般的寂静。我重新迈开步子，那个人同样。公墓中央是一座礼拜堂，环绕它的白墙四周，我和那人的脚步声在沙道上清晰可辨。先是我的，然后是他的。我加快步子，他也加快。我害怕极了，心里那个小灵魂对我悄声说："是狼！你那被禁的大伯！他什么都知道，什么都看到了……"

我不敢回头，撒腿跑了起来。狼的脚步声也迅疾起来。我跑出了公墓，可他一直跟着我。

解释谜团

我冲进我们家中庭，砰地撞上身后大门。爸爸和韦诺斯姑父在抽烟。

"这是你的房子，大舅子。你必须决定。但那个人把今天指望上了。如果我们回绝他，那我们成啥了！"姑父说罢，一脚踩灭香烟，进了厨房。

"你疯跑什么？"爸爸问我。

"有人跟踪我！"我上气不接下气地说。

"行了……"

"当我加快脚步，他也加速！"

"你走几步看。"爸爸吩咐我。

我在中庭里走起来，又听到了那个声音。

"这是灯芯绒裤的缘由。"爸爸笑起来，"以前我穿的时候也这样。"

我试着再走几步，的确如此，灯芯绒裤子互相摩擦，那是用爸爸的裤子改的，每走一步都有回声。我边走边笑，战前的物资真是让人一言难尽。

不平静的夜晚

成年人以为，小孩子不可能有烦心事。

但是小孩子也会面临好几次那么大的烦心事，甚至夜里难以入眠。我在卧室窗户下的沙发床上辗转反侧。妈妈在双人床上平静地呼吸，我盯着天花板。

我再次听到鱼雷坠落的哨声。我看到我们家的鹅在它面前拼命逃离。我看到奥塔在敲砸镀锡的汽油箱。宪兵在擦汗。汽油流入漏斗。我看到狼，他点点头说："我什么都知道！我什么都看见了！"

爸爸的脚步声在中庭回响。现在是万籁俱寂的夜里，他一遍又一遍地来回踱步。我悄悄爬起来，穿着睡衣去找他。

"我睡不着。"我说。

"什么也别怕，灯芯绒裤子而已。"爸爸抚慰我，并不知道我对他的重大忧患心有所知。

"你也别怕，爸爸！"我说。

"好吧！"爸爸的手掌放在我睡得乱蓬蓬的头发上，推我回到床上去睡觉。

午夜客人

我躺在床上。但睡眠在远处游荡，我无法召唤它前来。

后来，听到大门传来短暂的敲门声。那么短暂，仅打扰了妈妈的呼吸，她侧过身又睡着了。我爬起来半跪在沙发床上，往窗外看。我看见韦诺斯姑父和一个头戴礼帽、拎手提箱的男人。然后，那个陌生男子从视线里消失，因为爸爸为他打开门，让他进入中庭。姑父四下环顾，手持一把水壶，走向马路对面的铁水箱，那个我们家的饮水池。在那里，他将水壶放入水箱里，等候。我看明白了，姑父是在外面望风。

我听到大门撞锁和两双鞋上楼梯的脚步声。然后是通往阁楼的木楼梯吱嘎作响，声音传递到天花板上。在我脑袋上方响起炉渣在脚底下破碎和摩挲地板的声音。

无线电报

我想象阁楼上正在上演的情景。

戴礼帽的男子坐在板条箱上，在他面前的旧椅子上，有一个打开的手提箱，箱子里是一台发报机。在按钮和各种开关之间，微弱地闪烁着一道红光和一道绿光。爸爸手举手电筒，把我们家天线上的电线插入发报机的插孔里。

男人在面前摊开一张纸，爸爸的手电筒照向那张纸。纸上有几行莫尔斯码字母的逗号和点号。那个搞地下活动的人盯着腕上的手表，指针距午夜还差五分钟。爸爸摁灭手电筒，打开烟盒，划一根火柴点燃两支烟。纸烟末端的火光在黑暗中一明一暗闪烁，他们在等待。午夜十二点整，男子开始用右手打出一条秘密消息：埃米尔骑女式自行车已经到达。这也许意味着：我们已经拿到武器。静悄悄的噼啪声，微弱的灯光闪烁。等一切弄停当，电报员将纸张撕毁，一半塞进自己嘴里吞下，另一半递给爸爸。爸爸把纸团揉成一团也吃下了肚。

我在这样的想象中，睡着了。

航空汽油的神力

我们一伙玩伴聚在变压器边上。

奥塔将汽油从带有瓷塞子的瓶子里倒入弗拉斯基克三轮车的油箱里。弗拉斯基克神情紧张，又按捺不住兴奋。他戴上了围巾和帽子，以防引擎万一发动起来，三轮车高速行驶时会着凉。奥塔拧紧油箱，弗拉斯基克先俯下身，按下一根辊轴，再用一个橡胶手柄猛拉曲柄，马达突突跳跃几下熄火了，他接着拉第二次，长期歇息的摩托车居然快乐地转动起来。

弗拉斯基克的眼睛冒出光，扫视我们一遍。消音器中冒出了白烟。

"太耗油了！"奥塔喊道。

"没关系！"弗拉斯基克一摆手，调整好速度一踩油门。

"开动啦！"萨基克跳起来。

弗拉斯基克没有言过其实，他曾声称他的三轮车能高速行驶。只见车子受惊似的蹿出去，如赛车一般将我们远远抛在身后。我们看到弗拉斯基克在草地上兜圈子，速度越来越快。我们看着恍若神奇，现在三轮车似乎飞离了地面，悬空而驶！它越飞越高！

"妈呀！"奥塔感叹，所有人张大嘴巴，仰头张望，因为弗拉斯基克在我们头上飞逝而过。

"这怎么可能？"我朝弗拉斯基克喊。

"这是航空汽油！"弗拉斯基克笑着说。围巾在他身后飘舞，他像飞行员一样向我们点头致意。

"航空汽油……"奥塔惊叹不已，"我们真没想到。"

"再见！"弗拉斯基克手舞足蹈，"我要去看我姐姐啦！"

车子一个大回旋跟我们告别，然后朝森林方向驶去，他姐姐嫁给了林区的护林员。我听到什么了？也许，弗拉斯基克在飞行途中，还会拨动三轮车车轮的钢丝弹奏一曲呢。

在护林员小屋前

在护林员小屋前的院子里，一位美丽的少妇在拉小提琴。弗拉斯基克拨动两个车轮的钢丝作为伴奏，像在拨动竖琴的琴弦。他们在演奏民歌《假如你有一百只羊，我的姑娘》。曲子美妙动听极了。护林员坐在板凳上，沉浸在音乐声中。他脚边蹲着家犬鹌鹑，它也竖起耳朵在仔细聆听。

这时有人敲门。乐手们停止了演奏。敲门声再次响起。大家面面相觑，门口会是谁。

苏醒

我妈妈曾听说，唤醒沉睡的小孩，最健康的方法是用手指头轻叩其额头，就像敲门那样。

"小艾达，起床啦！"妈妈柔声呼唤。

"可惜……"我叹了口气，睁开惺忪的眼睛。

"你一定做了个美梦吧！"妈妈猜测。

"你怎么知道的？"

"因为刚才你笑得像甜美的月亮。"

在吃早饭的时候，从院子里传来爸爸的歌声："年轻人啊，像我一样，不要沉迷爱河……"

"你听到了吗？"妈妈把装咖啡的袋子放回橱柜，"看来今天你爸爸心情不错，嗓门这么嘹亮。"

我们室外厕所的门敞开着。爸爸坐在里面，把报纸撕成方块，一边唱着："尽情去爱，去撩拨，然而爱情不要轻诺。尽情去爱……"

母鸡们纷纷歪着脑袋，用一侧的小眼睛望着他。

我最喜欢上阁楼去。那里摆满了老玩意儿。只有一个地方踩碎的煤渣较多，在那里我发现三个烟蒂。真是太粗心大意啦，留下这样的踪迹。我把烟蒂一一捡拾起来，从房顶的天窗一把扔出去。

报告发现物

我们带领宪兵走到小溪边，指给他们看我们发现的"炸弹"。一个德国下士跟他们一起来了。宪兵小猎人让我们在柳树边的安全距离内止步，柳树后边就是我们的航空油箱在闪烁。宪兵卡林纳和那个德国士兵小心地拨开树枝。

"不是炸弹！"德国人笑起来，"华孚储备油箱而已。"

"这是个储备油箱。"卡林纳先生转头给我们翻译。

士兵把耳朵贴到压瘪了的金属壳上，推开油箱。

"哎，美国人也节约燃油了。以前好多次里面剩余二十升！"

"他说，美国人也节约燃油了。多少次了，里面曾剩余二十升。"宪兵卡林纳继续翻译，我们都善解人意地点头。

在花匠家

妈妈递给我十克朗纸币，派我去花匠那里买黄瓜，今天中午我们要做黄瓜沙拉。炽热的太阳把国道上的沥青炙烤成软软的热面团，熏人的热空气裹着沥青的气味扑面而来。远处的路面上出现了虚幻的水洼。正值闷热的正午。我边走边观察那张十克朗纸币。自从把它拿到手里，我就忍不住翻来覆去地观察它。棕色，在一行德文和捷克文十克朗字样旁边，画了一个可爱的小姑娘，一头蓬松的金发，梳成的马尾从右肩上耷拉下来。她没有笑，而是直勾勾地看着我。花匠科什迦尔就有一个这样的女儿，名字叫米拉。

我走进花匠清水砖砌就的院子里，然而悄无人声。

科什迦尔太太不在，遗憾的是米拉也不在。小狗四肢舒展趴在狗窝旁边的阴影里，像一具尸体，都懒得看我一眼。苍蝇和蜜蜂嗡嗡地在花枝间享受自己的盛宴。几只白蝴蝶停在快被蒸干的水洼上吮吸着污脏的水，突然飞起，我被这个白色的无声爆炸吓了一跳。

"科什迦尔先生！"我呼唤起来。

没有回音。房屋的门大敞着，我迈进屋里，耳朵里传来低沉的鼾声，穿过走廊循声而去，来到一个大房间的门槛边。

眼前一张餐桌，桌上扔着几个盘子，盘里是吃剩下的骨头，几只苍蝇正在津津有味地啃着。房间里一张大躺椅和展开了的宽阔的沙发床。大躺椅上躺着花匠，面朝天，四仰八叉，沉沉的鼾声从他张开的嘴巴里冒出来。他的一只手边睡着一个光身小男孩，额头汗津津的，另一只手边蜷缩了一只猫。花匠夫人侧躺在沙发床上，一袭粉色睡衣，紧挨她的是仰面躺着的米拉。米拉十六岁的样子，长得真美。短袖衫下，她的胸脯随呼吸一起一落，短袖衫的腋窝处是深色的汗渍。

这还算不了什么，没想到的是，睡梦里她的裙子撩得那么高，让我看到了她的大腿和浅蓝色的内裤。

"你们好！"我打招呼，希望把他们吵醒。但是花匠一家，一上午太阳底下辛苦的劳作，加上午餐，睡得死沉死沉的。所有人惬意地躺着，假如科什迦尔先生不发出呼噜声，一家人看上去如同死了一样。

我再次打量了一眼遮掩小姑娘秘密的内裤，悄悄退到走廊上，空手回家了。

冒牌黄瓜

我沿着炎热的国道快快地往家走。突然间看到我的大伯狼在给院门刷油漆。我必须在五米的距离外远远绕开他。假如狼没有停下手里的活，没有转头看是谁在路上踽踽独行，那我是不会向他问好的。然而他转过身来，用他的跟奶奶一样的蓝眼睛望着我。

"您好！"我怯懦地打招呼。

"好！"狼回应，大概有点意外。

我继续往前走，但他又说："他们在打鼾，对吧？"

"是的。"我停下脚步。

"他们在中午从来都午睡。天这么热。你需要啥？"狼用我从来没有听过的沙哑嗓音问道。

"黄瓜，做沙拉用。"

"跟我来吧。"这个被禁止问好的大伯放下手里的棕色油漆罐。

"不行。"我坚定地摇摇头。

"别担心，你不跟任何人说就是了。"狼走进他的黄瓜苗圃，我跟着他，又转身看看有没有人看到我。万一爷爷知道了，他会用拐杖抢我。狼把手伸到瓜藤底下，把三根肥胖的黄瓜放进我的提兜里。我从短裤屁兜里掏出皱巴巴的十克朗。

"留着吧。"狼推着我走向院门。

"谢谢您！"我嗫嚅着，手提沉甸甸的黄瓜袋子，仿佛有千斤重，走回家去了。

好土壤

"科什迦尔的黄瓜真好吃。"爸爸盛着沙拉。

"你花了多少钱？"

"他没有零钱，说下一次再给。"我说着把十克朗纸币放到桌上。我讨厌撒谎，但我该怎么办呢？如果我告诉他们真相，他们要么把黄瓜扔进肥料堆里，要么我就得把黄瓜给狼还回去。这会闹得沸沸扬扬，我会被视为家庭的害群之马。也许，有时候只得说谎。

"是科什迦尔家的土壤好。"爷爷说。

拳击袋

我想出一个好主意。我用锯末屑装满一个袋子，把它挂在谷仓的房梁上。在布袋上我用粉笔写上大大的字母Š（指施卡罗德）。每次我举完哑铃，会拿卷尺量一下自己的手臂，看肌肉增加了多少毫米。我绕过那个布袋子离去，对它视而不见，任它静静地挂在那里。直到有一天它突然用施卡罗德的声音说："据说你想找抽……"

在那一刻，我攥紧拳头，不等它赘言，我怒吼道："你想找抽啊，施卡罗德！"说着，给它太阳穴狠命的一拳。

"施卡罗德"的眼睛瞪起来了，而我变成一架脱粒机。我像一个疯狂的暴徒挥拳砸向它，我听到围观的人在喊："太棒了，艾达！对这种人就得这样！毫不留情，揍这个浑蛋！"

"别疯闹了，喂兔子去！"妈妈打断我。

兔子

我喜欢兔子。它们让人抚摩，会跺脚，会用鼻子做一些滑稽的动作。兔子的红眼睛我也喜欢。

在我身后传来可恨的吱吱叫唤声。那只被我爸爸一榔头锤到脑壳的兔子，在绝望地呼救。兔子不会说话，一辈子只会发出一次呼喊。它垂死的哀鸣刺痛了我，我捂上耳朵。爸爸把死去的兔子两爪悬挂到杆子上，开始掏出臭烘烘的内脏。我又把鼻子捂上了。爸爸继续用锋利的弧形弯刀挖出兔子的眼睛，扔给母鸡们，那群无所不吃的蠢货立刻追逐起来。在母鸡抻脖啄食之前，我一把捞走了兔眼睛。

我把自己关进厕所里，手心里躺着被沙粒包裹的红红的眼睛。没准它们可以再活一会儿呢，我自语。我拨转兔眼，让它们正视我。

"小兔子，你还能看见我吗？"我悄声问。

小兔子的眼睛望着我。那些小沙粒晶体阻挡了它的视线，但是兔子能看见我：我整个身体都是红色的，渐渐变暗，成了紫色。等最后变成灰色，那已经不是我了，因为眼睛死去了。

麦穗

这是八月里炎热的一天。酷热难耐，全家人都坐在凉爽的中庭里。因为别处热得难以下坐。

"本该去捡麦穗的。"奶奶说，她甚至把厨房那把椅子挪到了这里，在怀里择豌豆荚。

"那走吧，我们去。"妈妈说。

"在这种大热天？"我站起身。

"我们去池塘边上的那块地里，可以下河洗澡呢。"妈妈修正了建议，递给我一个提兜，我们出发了。

在收割过的麦田里，整整齐齐矗立着一排排打成捆的麦垛。麦茬地烫得如灶台一般。我每迈出一步，都有蚱蜢在我面前蹦跳而过。我抓住一只，捏在掌心里。

"别玩了，快点捡，完了我们下河游泳去。"妈妈催促我。

捡拾麦穗的活毫无乐趣。我躲在麦垛的阴影下捡着，发现老鼠在里面修了通道和地道。我提兜里的麦穗所增无几。

"走吧。"妈妈扫了一眼我的提兜，她的已经装得满满当当。

在池塘边

科耶津池塘并不大，但是景色旖旎。平时人迹罕至，缘于它太过偏僻。我和妈妈一出现，青蛙们受到惊吓，纷纷跃入水里。池塘边只有我们俩。妈妈摘下头巾，解开了连衣裙，把它扔到草地上。妈妈身穿镶有白色蕾丝边的红色泳衣，风姿绰约，亭亭玉立。我喜欢妈妈此时的装扮，一下子从农村妇女变成都市美人。

我利索地脱光衣服。我们穿过芦苇丛中的小径，扑入水里。

太惬意了！

"吁！"当流水漫过妈妈的脖子，她愉悦地呼出一口气。然后，她托起我的腹部教我游泳。我像疯子似的撒欢蹬腿，因为喜欢水花飞溅的样子。可妈妈转过脸去，闭上眼睛，免得水花溅入眼里，她恳求我："别乱踢腾了！要有节奏！"

上岸后，我们并排躺在草地上，眺望天空。在接近地平线的地方，我看到了乌云，而我们的头上一片蔚蓝。

突然传来一阵嘈杂的马蹄声，随后看到两匹黑马朝这里驰来。

一个晒得黝黑的年轻小伙骑在其中一匹马上，穿灰色运动裤，手里拽着另一匹马的缰绳。

"天气太热了，是吧，年轻的夫人？"他用这句话代替问候。

"是啊。"妈妈说着坐起来。我们看着这个黑头发的年轻人手牵两匹马下到水里。马不怕水，饥渴地饮起来。湿了的运动裤紧贴在他古铜色的胴体上。他游向芦苇丛，撅下一束芦苇，当作刷子刷洗起他的马。他肌肉隆起的手臂抹过马背和马脖子，同时我发现，他不断地多此一举地朝妈妈打量。

他把刷子放入水里浸湿，抚摩着马屁股，眯起双眼，他并不看自己的动作，却始终盯着妈妈。我回头看妈妈，看她如何反应，却看到妈妈也凝视着那个年轻人，神情兴奋。

"马会游泳吗？"我问妈妈，试图将她唤醒。

她置若罔闻。妈妈的脸上浮现出一种无法名状的忧伤。此刻并没有悲伤的事情发生呀，这让我摸不着头脑。她望着那个汗毛发达的年轻人坐上了马背，眼睛黏在妈妈身上，用缓慢而轻柔的动作亲抚着湿漉漉的马鬃。

"妈妈，马到底会不会游泳呀！"我不依不饶。

妈妈无声地点了点头，我看到，泪水从她的眼睛里滚落。

请你们告诉我，这种事情如何让一个孩童来解释？我的脑中闪过一丝想法，随即又抛开了这种愚蠢的念头：妈妈似乎有一点儿遗憾，她已经嫁人了，有了我，无法骑上另一匹马和那个年轻人一起奔向森林。哎，我居然产生这样的想法，无稽之谈。

"你怎么了，妈妈？"我问。

妈妈咽了口口水，说："我们回家吧。要下雨了。"

霎时狂风大作，田野里的尘土席卷而起。风掠过水面，压弯了芦苇和桤木的腰。

可怕的夏日暴雨

我们慌乱地穿过麦茬地往家跑。然而暴雨来得更迅捷。

天空被深蓝和深灰色的云层罩住了，四下呈现不祥的昏暗，无声的闪电瞬间照亮了周边的麦垛，麦垛看起来像在燃烧。我们奔跑起来。

"下雷雨的时候不能跑！"我提醒妈妈。

她慢下来，气喘吁吁地哀叹："天刚阴沉的时候我们就该离开的！我太大意了！"

一大滴冰冷的雨点滴落在我脸上。随后，天空立刻像裂开了口子，往我们身上倒下倾盆大雨。我们都无法看清眼前的路，寸步难行，因为迎面刮来猛烈的风。妈妈撩起裙子，护在她被雨淋湿的脸上。

"我们找个地方躲一躲！"我大声喊，拽着妈妈跑向一个麦垛。我拨开麦捆，钻进洞穴里，抓住妈妈的手把她拉到我身旁。这是我想出的好办法。麦垛里干爽而安全。妈妈搂住我的肩，我感觉她很庆幸有我在，因为恐慌写满她的脸。在这种时刻，女人需要男人的呵护，如同人需要盐一般迫切。然而此刻的风变成了风暴，刮走了麦捆顶上的罩子，更可怕的是，天上落下了巨大的冰雹。我惊讶地捡起一个，拿在手里，个头鹅卵石一般大，足以砸死人。

轰隆隆！雷鸣近在咫尺，地面都在战栗，我们随之颤抖。

"天哪！"妈妈紧紧贴着我，还有她湿淋淋的头发。

一阵强风掀走了我们藏身的麦垛，将它撒向田野。我们坐在被冰雹漂白了的麦茬地里，蜷缩起身子，看着身边的麦捆被狂风一个个卷走，滚远。我拽着妈妈跑向依然立着的一个麦垛。

"我们必须拽住它！"我嚷道，紧紧抓住背后的麦垛。

妈妈听话地照办了。

可是风暴呼地一下裹挟走了所有的麦垛，只留下了我们紧紧攥住的这一个。我俩孤独无依地坐在麦秆凌乱四散的田野里，浑身打战。

暴雨来得快，消失得也快。隆隆雷声远去了，风奔赴远处肆虐去了，太阳露头了，朝田野里张望，为了看一眼四下的狼藉。

我和妈妈看到一棵老梨树。雷电劈开了它的树干。树下的草地上，落满了厚皮的一颗颗小梨。

一堆衣服

当我们落汤鸡似的靠近第一栋房屋时，我在路上看到一个背篓，旁边一堆衣服。等我跑近一点，惊恐地看到那一堆湿衣服是我们的奶奶。她躺在地上，被暴风雨刮倒了，张开的嘴边一摊血。

"是我奶奶！"我拼命朝妈妈喊。

我看到韦诺斯姑父和爸爸跑来，爷爷跟在后面，手里拄着拐杖。

"奶奶！"我喊着，哭了起来。

"可怜的人！她出门迎咱们来了！"妈妈抽泣着说。

半空的背篓里几棵麦穗掉出来，躺在路上。

奔丧的客人

我们的房子里人头攒动，全是穿黑色丧服的人。我没有黑衣服，就穿上了白衬衣和黑套头衫。姨妈罗伊斯卡从宁布尔克赶来，我隐约记得她很久之前的一次做客，用裁缝卷尺给我量衣服尺寸。

"你怎么不早说，我可以给孩子量身定做。"她对妈妈说，"漂亮的小西装，配上西裤，就在这种隆重场合派用场。"

姨妈把我的衣裤尺码写在一张纸上，然后放过我。

韦诺斯姑父一直笑眯眯地看着，现在他用手指头招我过去。

"别担心。姨妈就量一下尺寸，不做衣服。她每次来，给所有人都要量一遍。"

我看到姨妈罗伊斯卡拿着卷尺找我爸爸去了。

街上的人穿过敞开的大门走进中庭。

"节哀顺变"，每个人都说这句话，表情肃穆，然后穿过厨房走进房间。我之前从没有听说过"哀悼"这个词。

据说奶奶就躺在房间里。

"来，你也去看看。"卢德米拉姑姑牵起我的手。

我摇摇头，挣扎一番。

"来吧，这是你最后一次见奶奶了。"

"我看到过。在马路上。"我为自己开脱，因为我害怕看到奶奶的尸体。

"随他去吧，这不适合小孩。"妈妈为我解围。

房间里传来一个邻居的哭声，悲恸欲绝的她被几个人架到外面。

爸爸在跟一个陌生人说话。

"可我们订购了四个花圈，不是五个。"他说。

"我这儿写着呢：安娜·苏切克娃——五个。"那人说。

"这我不知道：我们一家，韦诺斯一家，罗伊斯卡……"爸爸掰着手指头计算。

"爸爸，就要五个吧，让奶奶多一些花圈。"我晃动爸爸的手，说完，我就惭愧了，因为我这么说，并不完全为了奶奶，而是为了我们的洞穴，那里迫切需要花圈。

送葬队伍

萨基克手持十字架，走在送葬队伍的最前列，因为他是祭坛助理，在他身后是牧师。两匹戴着眼罩、耳朵后插黑羽毛的黑马紧随其后，拉一辆罩着玻璃罩、堆满花圈的灵车。在灵车之后是铜管乐队和乐队指挥卡达先生，他手持一根巨大的指挥棒，底下缀一个金色绒球。再后面是我们一家和亲戚，最后才是认识奶奶的乡亲。旁边经过的人们，也停下脚步，摘下礼帽或帽子示哀。

走到广场上，送葬队伍开始拐弯。在弯路口卢德米拉姑姑往身后转过头，悄声说："他来了。你们瞧，他走在队伍的最后。他的良知过不去，杀人犯！"

我回头看到：在所有的陌生人后面，奶奶那个被诅咒的长子狼，手里拿着帽子，脑袋低垂走着。他的脸色格外苍白，因为今天他把胡子刮得干干净净。

在墓穴之上

当躺着奶奶的棺材被放进墓穴时，所有人都失声痛哭。一向昂着头孤傲的爷爷，此刻双肩抽搐，泪水恣意流淌在他黑色天鹅绒外套的衣领上。韦诺斯姑父和我爸爸分别在两边搀扶住他。克利奇卡先生也泪流满面，因为奶奶还是小姑娘时他就认识。克利奇卡先生来了我很高兴，虽然我跟他不再是好朋友。我们全家在痛哭，所有的邻居，男男女女都在哭泣。唯独我，没有一滴眼泪。

我到底怎么了？我不想哭的时候，总能流出眼泪。现在我非常想哭，因为奶奶走了我很难过，可我的泪无影无踪。我盯着掘墓人库德纳和他的几个帮工，他们的鞋子在浅色的黏土堆上打滑，当他们用结实的绳子将棺材缓缓放入下面的大坑里，一个帮工的鞋底裂开了口。我数了一遍花圈，忍不住想，出现了这么多花圈，我的伙伴们不能把我们家的葬礼视为寒酸了吧。

"那第五个花圈是狼预订的。"我听到卢德米拉姑姑边哭边低声在说。我寻找狼，发现他远远地站在最后面，在别家的坟墓之间。

每个人抓起一把泥土，扔进奶奶身下的坑里。

其中有一些落在棺材上，发出钝响。我撒下的那把泥土，紧紧地落到棺材旁边。

我是怎样的一个人啊，在葬礼上不流一滴眼泪？

椅子

我第一个迈进家门。外面是快乐的队伍，在乐队伴奏下陆续离开墓地。

我走进厨房。墙上的挂钟嘀嗒作响。在大钟下面的角落里是那把破旧的椅子，奶奶经常坐在上面，挑拣着什么。

空荡荡的椅子唤醒了我的悲伤，掀起了释放的闸门。我抚摩着清冷的椅背，感觉脸颊上的泪水汹涌地流淌下来。

难民

径直从我们家窗户下穿过的那条国道上，突然间挤满了马车和一路跟随马车从伊钦前往布拉格的人流。有人后背上驮着大背包，有人拎着行李箱或用毯子包裹的东西。看上去都很穷困。

"你看到了吗？已经开始撤退了。"卢德米拉姑姑说，"这些都是来自西里西亚①的德国人，在躲避俄罗斯人。"

我跑出门去，为了近距离打量那些人。他们走得很慢。我心里说，就你们这样是跑不过俄罗斯人的。那些难民大多是妇女、孩童和老人。他们坐在马车上，挤在被窝、麻袋、鹅和各种杂物之间。在几辆马车后边还跟着山羊和绵羊。

我跑过这条活蛇般逶迤的人流，一直跑到狼的家门口。蛇在那里停住了，很快我看明白了。我那被孤立的大伯站在院门口，手提一桶水，用勺子把水舀进难民们的罐子里。他不时自己也喝几口，表示水里没有毒，然后继续舀。那些人饮完水，用德语致谢。有的人指指他的水井，问能否泵些水给动物饮用。狼点头允诺，马匹便从主人随身携带的水桶和盆里喝起来。马儿喝水不像狗那样，舌头似铁锹似的把水往口中一个劲儿扒拉。马儿将脑袋伸进桶里，一会儿水就不见了。

当狼在德国人人群中看到我，他说："他们走一路渴了。"

在家里，我汇报了狼给德国人供水的事。

"他就这德行，"卢德米拉姑姑说，"假装仁慈。1938年当希特勒抢占了我们的边境，捷克难民们路过此地，他也这样干过。"

---

① 位于今捷克东北部。历史地域名称，绝大部分地区属于波兰，小部分属于捷克和德国。

"这表明他的心肠没有那么坏。"妈妈说。

"水又不值钱。"姑姑回敬。

在我入睡之前,我一直想着狼,他到底是个什么样的人。

洞穴里的小女孩

有一天,我们例外地把维拉·乌赫洛娃带进了我们的洞穴,她跟我同龄。在那里,我看到了小女孩的裤衩。她坐在花圈上正对我,裤衩毕现。维拉给我们讲了一个粗俗的笑话:"小约瑟夫和小安娜一起去裸浴,在游泳时两人吃起了小香肠。安娜手里的香肠没拿住,一滑掉入水里,她到水下去找。突然,小约瑟夫喊起来:'安娜,你讨厌,那是我的!'"

起初,我不知道小伙伴们为什么笑。直到维拉·乌赫洛娃说:"你们知道,她摸到他的什么了吗?"我才恍然大悟。就如同被维拉的毒鞭抽了一道,除了笑声,它还在我体内引发了一股未知的浪潮,让我体验到一种莫名的热和难以置信的认知,原来女孩子可以跟我们男孩一样粗俗,这让我既诧异又兴奋。我的大脑里充斥了这些让人晕乎的混合物,维拉又在提议:"你们想不想去游泳?"

于是我们冲到桥下往河边跑去。八岁的维拉一言不发脱光了身上的衣服,同时看着我。男孩子们也脱光了。维拉的胸部长得和我们完全一样。我原以为她的胸部至少会像我们的胖上校那样,却蛮不是那回事。最后,我也脱下运动短裤,大家蹚入水里。维拉向我游来，我赶紧躲到其他人后面，省得她对我下手。

在水箱边

虽然在我们家后院有一个水泵，但我们都到马路对面的铁水箱里去取饮用水，这是因为我们家的住房紧挨墓地，坟墓里的水会渗到井里。所以我们用井水洗碗和洗澡，但不喝它。

我在水箱边等着，等着水灌满我的水壶，这时维拉·乌赫洛娃拎一只坑坑洼洼的白水壶朝我走来。

她说："当我们在学校里唱那首《在庄园边我们的维特在犁地》的歌时，你知道我怎么唱吗？"

"我不知道。"我说。

"我就唱'在庄园边我们的艾达在犁地'。"维拉说，一边用狗一样的眼神瞟着我。我不知道该如何应对她的眼睛。我喜欢维拉身上的那种粗俗，对她本人我不感冒。突然间，我发觉她想让我成为她的男人。

一想到这个宽嘴巴、湿嘴唇、牙齿歪斜的维拉将成为我的妻子，我心生恐慌。我害怕自己将不得不娶这个女孩，因为她会纠缠不休，因为我是个懦夫，抵挡不过她。突然间我无比憎恨这个可怜虫维拉的表白。

"那你唱得可谓愚蠢至极！"说罢，我拎起满满一壶水扬长而去。我喜欢十克朗纸币上的小女孩和米拉·科什迦洛娃。

借酵母

妈妈的酵母用完了，打发我去跟帕斯奇科娃太太讨一些。在将我们两家院子隔开的院墙上，有一扇门能让我完成这项任务。我打开门，赶走一群在地上刨坑洗沙浴的母鸡。

"大妈！"我朝打开的厨房窗口呼喊，只是窗户上拉着窗帘，在清风吹拂下微微鼓起。

我径直走进廊子，到了厨房。厨房里响着收音机，却没有人。炉台上正烧着水，沸腾的水顶开了水壶盖。

我推开房间门，吓了一跳。一个陌生女人正坐在床上梳理及腰的银丝长发。

"我找帕斯奇科娃夫人。"我说。

"你想要什么？"女人用邻居夫人的声音问道，现在我才反应过来，认出她来。

"就是您呀？"我惊呼道，因为我从来没见过她头上不系围巾的样子。

"那你觉得我应该是谁？"夫人笑起来，就像童话里走出的仙女。

"我不知道您有头发！"我脱口而出，赶紧夸赞道，"这么美丽的头发。"

"年轻时长一头乌发，每天早上我把它们编成辫子，你

214

看。"大妈取下床头柜上的相框，用袖子擦拭后递给我。

老照片上编着长辫的美貌女子笑眯眯地手扶耙子，她的身边站着一个小女孩，攥着她的裙子，另一边是一个跟我年纪相仿的小男孩。

"这是你卢德米拉姑姑，"大妈伸出苍老的手指，指着说，"这是你大伯约瑟夫。"

"狼？"

"对啊。我做姑娘时就在你爷爷手下干活，照料奶牛，也看护孩子。你不知道这些吧？"

"不知道。"

"还有很多你不知道的事呢，也没有人讲给你听。约瑟夫是长子，长子就会继承农庄，你明白吗？可他在酒馆里输得精光，最后赊账欠债。那些人把他灌醉了，你知道吗，他醉得踉踉跄跄回到家里，对自己的母亲扬起手，嗯，扬起手，逼她说出家里藏的最后一笔钱，没有被赌徒输掉的那笔钱。酗酒是个恶魔啊，你明白吗？"

"我明白。"我深吸一口气。

"刚才你说要什么来着？"大妈把自己的长发盘成一个发髻，藏到头巾里。

"酵母。"我说。

鹅

三只鹅用粉红色的嘴巴在吃草叶。我躺在草地上，读一本汤姆·萨克和他的黑仆人比尔的侦探小说①，跟奥塔借的。当他发现我索然无味地在阅读小动物童话故事时，便说："读这一本吧，你会爱不释手的。"他讲得没错。我沉入书中，忘记了一切，迫不及待地想知道汤姆·萨克最终能否发现并抓住凶手。

当寒意袭向草甸，我从草地上起身，往家走去，一边走一边手不释卷，都没有留意自己走过了家门口，因为黑仆人比尔陷入性命攸关的危险，因此浑然不觉自己在不停地走，走了多久，直到撞上一个人的手指头，它直戳我的胸口。

"你领着这几只鹅要去哪里，布拉格人？"是女孩的声音。

我从书上抬起眼睛，看到自己站在广场上，在我面前立着米拉·科什迦洛娃，手里举一个冰激凌，在我身后跟着三只精疲力竭的鹅。它们不属于广场，这辈子也从没有来过。

"你得转身往回走。"花匠家的女孩笑着对我说。我发现她比那张皱巴巴的十克朗纸币上的女孩美多了。

"你想吃一口吗？"在返回的路上她问我。我舔了一口她的覆盆子味儿的冰激凌。

---

① 《侦探之王汤姆·萨克》，德国科幻小说。

鹅们乖乖地跟在我们后面，我浑身不自在，不知道该说些什么。我低垂着头，望着她被晒成麦色的膝盖，在优雅地迈步。在其中一个膝盖上我看到一道疤痕，心想一定是她跪在花坛里拔草时划伤的。

我们默默地走了很久，不说话，只听得身后的三只鹅在嗒嗒嗒疾走。

"你在读什么书？"米拉开口问我。

"汤姆·萨克，"我回答，"如果你想读的话，等我读完就把它借给你。你一定会非常喜欢的。"

"是言情小说吗？"她问。

"故事紧张，很吸引人。"我告诉她，这时我们已经走到我家门口了。

我停下脚步，鼓起勇气第一次直视米拉的眼睛。微笑的时候，她的眼睛眯成一条缝。

"可惜，你年纪太小了。"说着，她把冰激凌纸杯揉成一团。

"那再见了。"我说，把鹅驱赶进了中庭。

我拾起米粒扔在地上的那个纸球，在手指间揉搓，望着米拉远去的背影。但她没有回头。

德国斑点马

滂沱大雨之后，在我们家门前沉积起细沙堆。在沙地上我建造了铁轨，轨道上行驶着我的小火车。那些小拖车都用抽屉里的空火柴盒连接而成。在玩得不亦乐乎时，我发现已经绝交的克利奇卡先生，从农庄拉出了那匹德国骟马。那匹马没有套上马车，就出来随便溜达，克利奇卡先生手持缰绳。在我们家门前，马蹄铁停止了在路面的嗒嗒敲击。我抬起头来。

"想不想上来骑一下？"克利奇卡先生问。

"骑马吗？"我明知故问，却没有回绝。

"我快交差了。他们要撤了。"他吸一口烟斗。

那匹马用悲伤的眼睛望着我。

"这匹老马听话着呢，你不必顾虑。"马车夫继续诱惑我，"我不会穿过墓地抄近道，让它带着你好好绕一圈。"

我无法抗拒这种诱惑。因为我从来没有骑过真正的马，就坐过旋转木马，那根本不能算数。克利奇卡先生把我举上去，我一下子骑在马背上了。

他轻轻一拍马屁股，斑点马嗒嗒嗒走起来。马儿如此强壮，坐在它宽厚的脊背上我几乎把两腿完全展开了。从高高的马背上，我越过马耳朵俯瞰我们家所在的街道，美妙得无法用语言描述。假如身下这匹善良的斑点马不是敌人的，我会更快活。我多么希望小伙伴们能看到我，同时又期盼没有人见到我骑在这匹马上。

"驾！"我对身下的马发令，轻柔地拉起马脖子右侧的鬃毛。驯服的老马乖乖地朝变压器方向拐去，沿墓地墙嘚嘚走着。独自骑在一匹高头大马上并驾驭它，这让我心里很满足，欢天喜地。我的大腿感受到马的体温，我的目光越过高耸的墓地围墙注视十字架林立的墓地，往另一个方向眺望有教堂、学校和制糖厂的我们的小镇。

克利奇卡先生在墓地后门口等我们。

在那里，他把我抱下马背。我的身体一落到地上，作为骑手的扬扬得意一刹那烟消云散，酸涩的感受涌上来，我不是一个爱国者，我是一介懦夫，没有立场骑德国马的捷克懦夫。

这时，我听到身后传来熟悉的引擎声。弗拉斯基克驾着三轮车上来了。他一定没有看到我骑马，不然不会朝我笑眯眯地驶来。

"你要去哪里？"我招呼他。

"去学校。德国人已经在搬家了！"

我抛下克利奇卡先生和那匹善良的德国马，撒腿往学校跑去。

收割机

我们学校里的临时军医院正在匆忙搬离。散架的铁床被扔在卡车的帆布帐篷底下，一堆篝火中是焚烧的绷带、破布条和纸张，拄着拐杖的伤员士兵蹒跚地走向摆了长凳的汽车，健康的士兵帮助伤员们爬上车。

"孩子们，别在这里添乱了。"我们的菲特洛娃老师喊道，她的脸因兴奋涨得通红，"我们不要耽误他们。他们赶时间！"

我们和男孩子们站在喷泉旁边，观看眼前的嘈杂忙乱。

这时我感觉到有人站在我身后，站得如此近，他的呼吸直扑我的脖子。我不知道依据什么判断出他是谁。所以当他在我耳边说："有人找抽来了！"我丝毫没有感到惊讶。

我猛然转过身去，对着施卡罗德那张丑陋的脸，对着他冷漠的眼睛吼道："是你找抽来了，施卡罗德！"

担心今天的自己再次成为懦夫，结局跟以往一样，即双腿不由自主地瑟瑟发抖并胆怯地临阵脱逃，这种恐惧把我变为一台活力四射的脱粒机。我开始凶猛地挥拳，砸向措手不及的施卡罗德，如同砸向谷仓里那个布袋。我的拳头砸向他的胃，他当即痛苦地佝偻起身子，砸向他的鼻子，他的下巴，他的耳朵，直到我把他击倒在地。

"住手，孩子们！你，苏切克！"我听到了老师的声音。

我收住手，但是被我意外突袭一时蒙了的施卡罗德，哪肯善罢甘休。他瞪着仇视的眼睛恶狠狠地从地上爬起来，使劲推搡我一把，我跌倒在学校的护栏上。我用手指紧紧抓住铁丝网眼，紧紧握住。施卡罗德想把我扯离铁丝围栏，但我像蜱虫那样死死咬住不撒手。当不堪忍受的疼痛袭来，我的手指头快被扯断时，我放开了手。施卡罗德没有预料，瞬间松开的力量将他往后推向喷泉边缘，那匹德国斑点骟马正在喷泉边饮水。施卡罗德仰天跌入水中，紧贴马嘴巴。

观看的孩子们爆发出热烈喝彩，这更加激怒了浑身湿透的施卡罗德，他从水里爬起来，一把掐住我的喉咙。

这时有人猛击他的手，是奥塔。

"我们不跟落汤鸡打架！"他呵斥道。我看到，面对施卡罗德我并不是孤军奋战，在奥塔旁边站着萨基克，还有小个子。

"我们走！"奥塔一甩头。我们一行离开了。我琢磨伙伴们没有出面，不是因为我软弱，而是我自己勇于和施卡罗德对峙了，我不再给予他们羞辱感。对我而言，这种感觉最爽不过。

士兵游戏

吹短笛或者扮演宪兵或劫匪的时代已经一去不复返。

现在男孩子们热衷于玩"士兵游戏"①，在乡下都这么说。如果有人用标准捷克语表述，会令人生疑，或者觉得那人的脑袋进水了。我们雕刻木制步枪，看起来跟真的一样，因为那些本该是金属的部分被刷上了黑漆。我们的训练场设在狼房屋后面的田野里。因为弗拉斯基克无法参加训练，就在三轮车上给我们发号施令。大家会操练几个动作：扛枪！立姿持枪！致敬！举枪准备！瞄准！射击！

---

① 不规范的俚语表达。

我们这支小分队，没有军衔职级之分，无一例外执行弗拉斯基克的命令。即便奥塔是将军，同样要服从仅是参谋队长的弗拉斯基克。奥塔的这一点让我欣赏。

我们训练正酣，突然听到身后一个沙哑嗓音："休息一下吧！"

大家循声转过身，发现是狼。

"你们都过来，"他说，"我给你们看一样东西。"

每个人都好奇地朝他走去。我踟蹰地走在最后。在我经过院门时，那位被禁止靠近的大伯就站在门边，我闻到他身上散发出来的牛膻气。那些饲养奶牛的人身上都有这股味儿，养马的倒没有。狼的妻子坐在门廊里，在缝补麻袋上的破洞。

"您好！"我们跟她打招呼，而她仅抬头看我们一眼，没有回答。

狼走进屋子，我们在院子里止步，四下打量。我不得不承认，狼的院子比我们家的要井然有序。墙上挂着长柄镰刀、两把耙子和一套牛轭，还有一只消防员帽盔，一把斧头和一条皮带。下面依次排列着铁叉、锄头、铲子和铁锹。木柴堆码得四方齐整，顶上覆盖着一块硬纸板。

"你疯了吗？"狼的女人突然嚷道，我们看到狼手拿一支步枪，从门里走出来。

"气枪。"弗拉斯基克小声说。

狼走向谷仓，把靶子挂到谷仓大门上。

"你是没事找事吧？"我们听到狼的女人在埋怨。

"闭嘴！"狼说，这在乡下意味着"别发表意见"。他一把撅开步枪，从口袋里掏出一个盒子。

"子弹！"上校悄声说。

"来吧。"狼朝我们一颔首，他距靶子迈开大大的十步。第一个上去射击的是奥塔，一个黑点出现在靶心圆圈外的白色边缘。

我的手在哆嗦，无法将步枪放进肩膀的凹槽里，可是在我发射后，击中了二环。

"太棒了！"狼哑声说，我兴奋地把汗湿的手在裤子上擦了擦。

弗拉斯基克射得最准，七环。

狼最后一个上场，直接击中黑色靶心。

"十环！"我们惊呼。

狼摩挲着下巴上的胡楂，说道："以后有时间再来吧，军人们。"

我们的将军奥塔向他举手致敬，以军人的口吻说："我以我们分队的名义感谢您对射击的指导！"

"好吧，好吧。只是不戴军帽是不必致敬的，"狼说，"这一点记住了。"

在我们接连跨出院门的时候，那只散发出牛膻味的手，拍了拍我的肩膀。

革命

从收音机里我们听到了五月革命①。播音员还在不停歇地重复：布拉格请求帮助，希望人们前来保卫电台。然后，收音机里再次响起熟悉的旋律，用竖琴弹奏出的丁零弦音，接下来一个低沉浑厚的嗓音用俄语呼唤说：布拉格在呼叫，红军，紧急，我们急需武器，请尽快前来帮助我们。之后又用英语呼叫求助，语气非常恳切。广播里还传出大街上有枪击声。

我们周围也有枪声响起，是从车站方向传来的。韦诺斯姑父也去了火车站，皮带上插着枪又跑回家来，带回消息说，我们的宪兵和童子军袭击了运载弹药的军列。他抓起一个黑面包和一瓶鹅脂油，又赶去战场。卢德米拉姑姑冲他的背影喊道，自己多加小心，想着点儿家人。

晚上姑父回来，在后院的澡盆里一边清洗满是褐斑的身子，一边讲述振奋人心的消息。弹药车后边还挂了两节装载防空炮的车厢，只要连接上火车头，我们就有装甲列车啦。德国人在投降之前毁坏了大炮，但是我们的人，尤其是机械师日哈克，把它修好了。早上这辆装甲车就会出发，前往洛

---

① 五月革命：1945年5月5日二战接近尾声，在布拉格爆发了反法西斯武装起义，即五月革命。几天后，苏联红军进入布拉格，德军溃退，布拉格被解放。

士伽罗维策。

我问姑父，他是否也会跟着去。

"不，我的任务是保卫火车站大楼。"他将插有手枪的皮带扣上之后，又想起来说道，"大舅子，整个仓库里都没有供电，那里囚着战俘呢，你能不能去看一眼？"

"好，我去。"平民身份的爸爸很激动现在可以投身战争。他走向工作台找工具去了，我也很兴奋，因为爸爸带着他的扳手和螺丝刀迎战去了。

装甲列车

我们这几个伙伴是不允许去火车站的。一大早，我们蹑手蹑脚地匍匐过草甸，靠近了轨道，急切地远眺火车。奥塔将军胆子最大，几次将耳朵贴在铁轨上，每次都报告说没有火车驶来。大约等了一个小时之后，车站上方喷出了烟雾，响起了机车激昂绵长的吼声。然后，火车出现了。

在蒸汽机车的锅炉两侧猎猎飘扬着捷克斯洛伐克国旗，后面拖车上贴着捷克斯洛伐克共和国的白色标语。在第一节车厢平台上装载了两个混凝土堡垒，罩着迷彩网，另一个看起来像架在枕木上的移动掩体。我们看到了列车的指挥官，身穿带肩章的军官制服，他正用望远镜在观察田野。其他战士穿着铁路或宪兵制服，有的只穿着毛衣。一个士兵戴着消防头盔和太阳镜，当他看到躺在草地上的我们几个时，露出牙齿，向我们敬礼，直到装满武器的装甲列车消失在弯道上。

"这是一名狙击手。"奥塔说，"他必须戴深色护目镜，以便在瞄准目标的时候不会眼花。"

牺牲的战士

下午，克利奇卡先生的马车停在了墓地门口。两匹俊美的牝马拉来了无可名状的货物，一群妇女围在马车旁。在残留有稻草的铁皮车板上，躺了三具身穿平民服的尸体，下巴高昂。掘墓人和克利奇卡先生一起把他们拖下马车，就像拖麻袋似的，挨着墓地墙排列在草坪上的阴影里。

我钻过人群，挤到了那几具尸体旁边。死者都是黑头发。有人说他们是希腊人，又有人说是南斯拉夫人。

"我们不妨看一下他们的口袋，没准装着证件呢。"掘墓人库德纳边说，边朝离他最近的那具尸体弯下腰去。

除了他，没有人拥有这种权利。

"别光看热闹，得翻他们的衣兜，我们得知道往墓碑上写什么。"库德纳推了我一把。

他可选对人了。我，去触摸死人！我回头往后看。女人们挥舞着手帕，伸长脖子好奇地观望。我看到了挤在她们中间的坐在轮椅上的弗拉斯基克，在他身后是奥塔。这下我没有退路了。我只得蹲下去面对那个死人，他脸色苍白，似乎在笑。

我战战兢兢地把手伸进他灰色西装的胸兜里，上面撒了一些糠皮。口袋冰凉，里面空无一物。在另一个口袋里我触碰到了什么，是一张卡片。当我将卡片掏出来的时候，死者的脑袋突然一歪，露出了藏在头发里的一个红色的弹孔。我吓得跳了起来，但在场的人都以为我想尽快把卡片递给库德纳先生。

"我看不懂，"掘墓人研究着卡片，"这上面写的不是南斯拉夫文，就是希腊文。"

我向最后一名死者俯下身去。他穿一件沾满污泥的外套，里面的衬衫被血浸透了，头上戴一顶头盔，消防员戴的那种，脸上胡子拉碴。当我在翻找他的外衣口袋时，我发现了一副太阳镜。我嗅到一股熟悉的气味，是牛膻味。我再次打量那张长满胡楂的脸，我知道自己不必再去寻找任何证件。他是狼。

我浑身战栗。我站起来，钻过人群，往家里跑去。

熨烫

家里，收音机里的声音响彻房间，播放的是索科尔军乐队的《狮子力量》。院子里摆着一张铺了毯子的桌子，妈妈正在桌子上面熨烫我们的捷克斯洛伐克国旗，这面国旗我们藏匿了六年。头戴草帽的爸爸帮妈妈把旗子从旗杆上褪下来，舒展开旗面的褶皱。爷爷坐在脱粒机的阴影里，用锤子敲击着镰刀，仿佛要跟上行军曲的节奏。

"总算可以见天日了，艾达，你看，我们的国旗！"妈妈开心地对我说。

"墓地里拉来了三具尸体，从火车站拉来的！"我气喘如牛地汇报。

"你在说什么？"妈妈停下手里的活儿。

"两个是希腊人或者南斯拉夫人，第三个是狼！"

爸爸的脸色立刻煞白，把手里的旗帜展开，一会儿又卷起来。然后，他把条纹旗杆靠在熨衣板上，摘下帽子站着。这期间，锤子敲击镰刀的声响没有间断。

妈妈眼里噙着泪水，把手放在爷爷的肩膀上，当敲击声停下来，四下静默时，妈妈说："爷爷，狼死了。被他们枪杀了！"

我一脸严峻的爷爷，手拿锤子，一动不动，好一会儿，他另一只手伸到马甲口袋里，掏出怀表看时间。他久久盯着表盘，然后继续用锤子敲击起来。

悬挂国旗

我把我们的国旗从阁楼天窗伸出去，爸爸把旗杆固定在房梁上。我从三角窗口探出头去，看见街道上其他的楼房顶上都猎猎飘扬着捷克斯洛伐克国旗。这景象美不胜收。随即我又注意到，那些国旗突然缩了回去，转眼消失在屋顶上。我把脑袋向左一转，明白了个中缘由。国道上从伊钦方向驶来一辆德国装甲车，正朝我们缓缓逼近。

"德国人！"我向爸爸惊叫。

"他们早已经撤退了！"爸爸不信我的话，把我从天窗口推向一边，自己上去看个究竟。随即他把旗杆解开，将国旗撤了回来，可怜的国旗才刚刚露头。我们的街道挂上国旗的喜洋洋气息消散了。

奇怪的德国人

装甲车有两辆。两侧的十字架被石灰粉或其他什么东西弄白了。士兵们身穿德军制服，戴钢盔，然而他们不是德国人。姑父韦诺斯跟他们一起来了。在我们家的房门前，他从车上跳下来，对我们喊道："别害怕，他们是俄罗斯解放军[①]。"

我不知道这是什么意思，既然姑父和他们用俄语交谈，我便认为那些是俄罗斯人，只不过巧妙地伪装成德国人罢了。

"他们要去布拉格帮助我们。"韦诺斯姑父解释道，"现在他们迫切需要三色布带，你们知道的，三色国旗那种，省得我们的人对他们开枪射击。"

这群神秘的"德国人"浑身汗淋淋的，埋头直接在水箱里痛饮。

---

① 二战期间向纳粹德国效忠的苏联伪军，其统帅是1942年7月13日被德军俘虏的苏军沃尔霍夫方面军副司令员兼第二突击集团军司令员安德烈·安德烈耶奇·弗拉索夫中将。

卢德米拉姑姑和妈妈在一台缝纫机上缝制一条长长的红蓝白三色布条。我把床单裁剪成长白条。红色部分由我们家所有的红短裤拼凑起来，卢德米拉姑姑一手拆的短裤。第三部分的蓝布条来自姑父的铁路制服衫和爸爸的蓝工装，工装还好，衬衫颜色太浅了。

"那些是装扮成德国人的俄罗斯人吗？"我悄声问爸爸。

"嗯……艾达，说起他们有点复杂，"爸爸解释说，一边拆着工作服，"他们是反俄罗斯的，所以德国人把他们武装起来，但现在弗拉索夫将军又掉头跟德军对着干了。"

我不喜欢那样。爸爸看出来了。

"那些人的做法愚蠢，确实如此。可是，既然他们要去援助布拉格，我们也不应该阻止，对吧？避免让他们无谓地流血吧。"

俄罗斯解放军在制服胸兜盖板上挂上了三色布条，头盔也缠上一条。其中一个人一直冲姑父韦诺斯在吼叫，我听不太明白，但抓住了几个词："你，就像我一样！"他边说边用手比画，他们俩身高相仿。

"你给我平民服装，我给你这个。"他给姑父亮出掌心里的金戒指和手表。

姑父拿来了自己铁锈色的裤子、鱼图案的夹克，一件衬衫和领带，系好，用绳子打成一捆。

"戒指你自己留着吧，手表也一样。你会用得上！"韦

230

诺斯说。

那个俄国人感激地握住姑父的手，离开时又想起来，说："旗帜！你们的国旗，给我们！"

"他们想要我们的国旗。"姑父翻译说。

"你上阁楼去拿下来，艾达！"爸爸略一踌躇，随后命令我。

我把那面带桅杆的国旗交给了他们。

插着三色标志的俄罗斯解放军启动了装甲车，朝布拉格隆隆驶去，我们目送着他们。坐在司机旁边的那个人，举着我们家那面国旗，随着装甲车在加速，国旗迎风飘荡起来。

"假如他们不投奔美国人的话，斯大林绝不会放过他们，格杀勿论！"韦诺斯姑父说罢，往谷仓里走去了。

军团制服

在谷仓里，韦诺斯姑父打开一个积满尘埃的木箱，从箱底掏出他那身军团制服。在他套上裤子之后，发现裤腰显然扣不上了。上衣还好，勉强系上，甚至军用皮带也能围肚子一圈，只有裤子变小了。

卢德米拉姑姑看到之后，对姑父说："脱下来吧，我在裤腰后给你接一截。"

"也只能这样了。这场战争依然让我有这样的改观。"姑父说。

隆隆坦克

从清晨起，隆隆声传来，没有间断，就好像远处某个地方有个巨大火炉在呼呼燃烧。人们纷纷走出屋子，到院门口倾听，响声越来越剧烈。然后，弗拉斯基克的三轮摩托也加入其中。

"他们来啦！"弗拉斯基克喊道，他在公路上华丽地掉转头，往回驶去。

在摩托车的消声器释放出来的芳香尾气雾团里，我们追随他的车，朝广场跑去。

人们云集在市政厅前。有些妇女穿上了民族服装。还有一支铜管乐队，没在演奏。乐手们刚开始热身，吹一吹乐管，交头接耳。除了乐器声还有刺耳的金属摩擦声。巨大的声响从那条自伊钦城通往广场的大道上传来。我们看到了第一辆坦克。它是如此开阔霸气，占据了整个路面。坦克上坐着灰头土脸的士兵，身上穿棉布制服。

乐队指挥查尔达先生抬起双手，音乐起来了。

人们热情地问候，嗓子都喊哑了，激动地痛哭失声。他们往坦克上扔丁香枝，当队列停下来时，人们纷纷把双手伸向士兵，抚摸他们的胳膊或腿。一位邮局女工作人员被士兵们拉了上去，她遍吻每一个人。

我以为在现场我是唯一一个能说几句俄语的人，我爬上第二辆坦克。一个眼睛又红又肿的士兵拉了我一把。

"你好！"我用俄语问候他，他喜出望外，用一只满是机油的手揉搓着我的头发。我看得出来，当我说出他们的母语，他掩饰不住地喜形于色。我又说出了跟姑父学会的另外一句："你们怎么不觉得羞耻呢！"

"什么？"俄罗斯人的惊叫声盖过了铜管乐队。

我摇摇头，他拉我坐到他的腿上。

我坐在缓缓前行的解放者红军的坦克上，我疯狂地呼喊着胜利，因为身边的每一个人都像疯子似的在呼喊。人们向我们挥手，喊叫着涌过来。一位女士递上来一杯蜂蜜和罂粟籽甜饼，她的脚差点儿被坦克履带碾压。这种状态下的坦克几乎在盲目行驶。我惊讶地发现，如果没有那个坐在坦克头上的士兵不时地往身下的小孔里打手势，指挥驾驶员往左或者往右，毫无悬念，坦克会冲入人行道上的人流里。

在我们家门口，我的全家人都在。韦诺斯姑父身穿军团制服，以敬礼向军队致意。爷爷拄着拐杖，在我看来并不合适，因为他看起来好像在威胁别人。妈妈站在卢德米拉姑姑旁边，围着白围裙，泪流满面。

"是艾达！"她快乐地把我示意给爸爸看，爸爸把我从坦克上抱到了地面。

妈妈把烤盘里最后一块苹果馅饼递给拉我的那位红眼睛士兵。

望不到尽头的坦克队伍在我们的国道上往布拉格浩浩荡

荡驶去，一条条履带把柏油路压出了痕迹。

"战争结束了吗？现在？"我对爸爸喊。

"结束了！"爸爸回答。

"我们被解放了，是意味着自由了吗？"

"是的。再没有人能压制我们，我们不必再惧怕任何人。"

"姑父，我跟他们说俄语了。"我拽着韦诺斯的衣袖。

身穿俄罗斯军团制服的韦诺斯姑父，在这种喧嚣中并没有听到我的话。面对汹涌而来的胜利者军队，他那只敬礼致意的手始终没有放下。只是我看得出来，他并不像我们那样，对自由的到来满心幸福。

吸尘器

一整夜，在我们家窗户外，发动机和坦克履带的咆哮声，其次是分贝稍弱的大卡车引擎声此起彼伏，黎明时听到了拉着小型马车的嘚嘚马蹄声。车队的士兵们就在我们镇上驻扎了下来。

一天晚上，在我们家发生了一件事：

三个士兵来我们家做客。爸爸拿出他自己酿制的李子酒招待。他们围坐在厨房小桌旁，一直待到晚上，不住口地称赞李子酒："你自己酿制的？"

"我自己。"爸爸捶着胸脯保证，一仰脖又喝下一大口酒。

突然，一只金龟子飞进了厨房，开始绕着亮闪闪的灯泡转圈。其中一个士兵，我喜欢他，长得像一个小男孩，举起冲锋枪瞄准金龟子，喊道："飞机！日耳曼人！嗒嗒嗒……"与此同时，他拿起烟灰缸扔了过去，烟灰缸里堆满了美国和俄罗斯香烟的烟蒂。

"对不起，我是个傻瓜。"他表示歉意。

"没关系。"妈妈安慰他，拿来了我们家战前购置的小型 LUX 牌吸尘器。吸尘器在地板滑动几下，所有的垃圾都被吸进了吸嘴里。

士兵们看傻了，喜欢得不得了。每个人都用吸尘器试了一把。

"拿来吧。"最年长的那个士兵说，拔下了连着插座的电线。

韦诺斯姑父用俄语向他解释说，我们家需要吸尘器，他在军队里用不上吸尘器。俄罗斯人说他也需要，因为等他退伍之后，家里需要弄洁净。另外两名士兵没有帮我们说话，他们也许想过，但那人军衔更高，他们也无能为力。就这样，我们家失去了吸尘器。

客人们走之后，韦诺斯姑父说："但他们不能这样肆无忌惮，这里不是敌占区。他们有明确规定，在我们国家如何行为处事。明天我们把这件事上报给军队司令部。"

我的微醺的爸爸却劝我们作罢，说就把吸尘器当作解放的礼物馈赠好了，为此他还提议跟韦诺斯姑父干一杯。但我的姑父对士兵的行为深恶痛绝，认为他们违抗军纪："不，不能，大舅子，这事不能就此姑息。不久他们会得寸进尺，以为这里是他们的地盘。"

寻找肇事者

司令官下令把士兵押送到市政厅院子里，让他们排成一排，在太阳底下暴晒。我和妈妈还有姑父都去了，姑父当翻译。

那个粗壮的戴扁平肩章的司令官说了什么，韦诺斯姑父怔住了。

"他说，如果我们指证了那个人，他就下令把他枪毙。"

"枪毙？"妈妈不相信自己的耳朵。

"走！走！去看去！"他把妈妈推到士兵们跟前。

"就因为一个吸尘器？"妈妈回头望着姑父。

"好好看！"司令官把妈妈往前推。

我们围绕三个大汗淋漓的士兵走来走去，我拼命捏妈妈的手，不让她找出并指证任何一个，因为我的心脏或大脑会爆炸。士兵睥睨着我们，眼神不一，有些人冷漠，有些人悲伤，有些人绝望。我们认出来了。一只苍蝇爬过他的鼻子。他甩掉苍蝇，垂下了脑袋。我感觉到妈妈的手在我手里颤抖。

"他不在这里。"妈妈说，当我们把所有人打量一遍后。

我蹦起来拥抱妈妈。我从来没有这么爱她。

狼的葬礼

自从红军来到这里，在公路边到处扔满了长长的烟蒂，俯拾皆是。俄罗斯人不仅抽他们自产的软烟，也抽硬包装的美国烟，而且没等抽完就随手一扔，因为纸烟供应充足。我为爸爸的制烟机收集烟蒂。在家里我摊开一张报纸，切掉过滤嘴，将烟丝撒在报纸上。

今天，爸爸不说话。他在院子里来回踱步，前一根纸烟的烟头在鞋底下还未踩灭，另一根已经点燃了。他看见姑父韦诺斯穿着那身军团制服准备出门去。他肥肥的小腿肚上裹着一条褪色的布条，一只脚踩在长凳上，正用刷子把皮鞋擦得锃亮。

"你要去吗？"爸爸问。

"我必须去，大舅子。"姑父认真地回答，"你们也应该去。"

"你了解父亲。他发了禁令。"爸爸回答，"你是女婿，他不会怪罪你，但对我们，不会宽恕。"

"他可是为国捐躯的！"我听到姑父说。

"这我也知道！你以为我不清楚？你以为我愚蠢啊？"爸爸咆哮起来，越说越生气。

"随你便吧！"姑父戴上军帽，转身走了。

当大门在姑父身后撞上，我爷爷从厨房走出来，咔嚓锁上了大门。

"爸爸，我也想去。"我低声恳求，怕激怒他。

面色苍白的爸爸摘下眼镜，掏出手帕擦拭镜片，他望着我，走到木墩子前，操起斧子开始劈柴。这是愤懑的砍杀。他劈裂了一个又一个木桩，仿佛把自己的痛苦粉碎。

葬礼的哀乐传来了，慢慢朝墓地而去。在我们家后院，所有的葬礼都听得一清二楚。我走进厨房。妈妈和姑姑卢德米拉坐在餐桌旁，默不出声。一根大蜡烛在餐桌上燃烧。妈妈温柔地摩挲我的头发，示意我在一张空椅子坐下来。但我没有坐，我跑过中庭，跑向大门。我踮起脚尖，伸手去够挂在钩子上的钥匙。然而墙壁上钩子突兀着，钥匙不见了踪影。

音乐声已经到了我们家的谷仓后边。爸爸仍然不住手地劈柴。

我从爸爸身边绕过，直奔紧挨墓地院墙的兔子窝。兔子们簇拥到铁丝网门前，以为我要喂它们三叶草。我站到盛干草的板条箱上，想看到墓地的活动。

长长的队伍走到一个挖开的墓坑前停下来，音乐也止住了。

我看到肩膀上扛着棺材的四个汉子，停下脚步，将棺材架在土坑上面。

我看到身穿黑袍的上校萨基克，教区牧师把圣水洒向棺材。

我看到狼的遗孀，一袭黑色丧服，黑色的面纱遮住了她哀恸的脸。

我看到市长举着一张纸在讲话。

然后，我看到墓地的一条小径上，坐在三轮车里的弗拉斯基克，他身后是我们的将军奥塔和小个子。

我无法忍受了。我爬上墙，在那样的高度将整个墓地一览无余，包括墓地最后面。狼曾经手握礼帽站在那里，那是在我奶奶的葬礼上。

当国歌奏响的时候，我跑进了墓地。

站在一个杂草丛生的坟墓边缘，可以清清楚楚看到军人仪仗队。一名手持冲锋枪的俄罗斯士兵、一名捷克斯洛伐克军官、一名消防员和一名军团士兵，那是姑父韦诺斯。

四个人立得笔直，敬礼。

我挺直身子，将手指并拢放到右太阳穴上，然后，从口袋里掏出我的针织十字头套，庄重地戴到头上。因为不戴帽子不能致敬，这有明文规定。

重返布拉格

一封来自布拉格的信函寄给了爸爸。信中说，布拉格中心发电厂迫切需要他回去，我们以前居住的公寓房将重新归还。这一次派来的是著名的霍朗搬家公司，真是让我倍感欣慰。然而我们返回布拉格，我并不开心。因为我不再属于那里，我不再是那个愚蠢的布拉格佬。我学会了骑马，敢于赤足踏进麦茬地。在这里我有一个洞穴，里面有一群死党，我向他们承诺要效忠至死。

我的小伙伴们，奥塔、萨基克和小个子，前来帮助我们搬运一件件小物件。当所有东西装载完毕，我跟每一个人握手道别，包括赶来的弗拉斯基克。

"你总会回来度假的，对吧？"

我使劲点头。

"那太好了，因为我们在这里会忍不住想念你的。"

他不该这么说，这句话让我难受得发不出声。假如读者们不知道摩尔达维亚风笛①为何物，那你们还是不要知道为好。因为当你拉开风笛时，它意味着你的喉咙开始发紧，你无法说出话来。

搬家车启动了，在场所有的乡亲向我们挥手告别。我那几个好伙伴、卢德米拉姑姑、韦诺斯姑父、没来得及成为玩伴的小卢杰克、爷爷、克利奇卡先生、铁匠莫拉维茨……是谁坐在变压器的台阶上为我啜泣？是牙齿歪斜的维拉·乌赫洛娃，那个擅长讲粗俗笑话并且爱我的小女孩。

是谁在村庄外的弯道里，在给地里的生菜浇水？她手提水壶目送我们的黄色搬家车远去，车越开越快。是美丽的米

---

① 摩尔达维亚，一种风笛状的原始乐器，引申为哭泣。

拉·科什迦洛娃，我心中惦记的姑娘。为了她，长大后我一定还要回来。

　　天哪，我已经无法承受了，往事历历在目。在乡下经受的磨砺，它让我变得坚毅、刚强。我拉开风笛，可是我没有哭泣。

　　　　　　　2002 年 11 月 14 日— 2013 年 3 月 7 日

布拉格之光（译后记）

初识兹旦内克·斯维拉克（Zdeněk Svěrák），是二十多年前在布拉格观看捷克电视台的娱乐综艺晚会，清癯瘦高的斯维拉克和搭档在舞台上表演类似于中国对口相声的节目，神态自若的两人将机智诙谐的对白脱口而出，现场的观众乐翻了天，表演者却不动声色。在乐不可支的同时，我记住了"斯维拉克"这个名字。之后陆续又欣赏到他主演或参演的一部部影片，屏幕上"编剧"一栏，赫然也是他的名字。逐渐发现，这位蓄络腮胡子的中老年男子，原来是如此多才多艺，且久负盛名：不光集剧作家、电影编剧、影视及舞台剧演员、词作者的身份于一身，同时还是布拉格齐莫尔曼（Cimrman）剧场的创始人之一。直到今年翻译完"布拉格故事集"，我才对他有了全面深入的了解。

奥斯卡盛宴上的常客

斯维拉克创作了几十部影视剧本，写有四百多首歌词。他担当编剧的电影《我的甜蜜家园》（Vesničko má středisková, 1985）、《青青校树》（Obecná škola, 1991），先后入围奥斯卡最佳外语片。1996 年，由他儿子扬·斯维拉克执导、他任编剧并主演的《给我一个爸》（Kolja, 1996），荣膺奥斯卡最佳外语片奖，并且包揽多项国际大奖。2007 年，父子俩联手打造的《布拉格练习曲》（Vratné lahve）再次获得奥斯卡最佳外语片提名，并摘取了捷克电影最高奖项"金狮奖"最佳编剧奖。

有评论说，斯维拉克父子的影片善于将民族历史与现实反思相结合，温情幽默的对白、舒缓柔曼的音乐、原生态的波西米亚风情，以及浓郁的人文情怀，紧紧地攫住了全球观众的心弦，在国际影坛别具一格。

此外，斯维拉克还创作广播剧、诗歌，为少儿写童话，他善于从日常琐事中发现其幽默性。由于他的卓越才艺，在 2005 年观众提名票选"最伟大的捷克人"电视活动中，斯维拉克跻身第二十五位。鉴于他对捷克电影事业的卓著贡献，2011 年 3 月，在捷克电影"金狮奖"的颁奖典礼上，斯维拉克被授予"终身成就奖"。在 2014 年第 49 届卡罗维发利国际电影节上，电影节主席巴托斯卡亲手为他颁发"水晶球奖"。2015 年，东捷克州大学为表彰斯维拉克对捷克语言和文化发展做出的杰出贡献，授予他金质奖章和荣誉博士学位。

斯维拉克身上迸射出的光芒，印证了米兰·昆德拉的那句话：生长在小国实在是一种优势，"要么做一个可怜的、眼光狭窄的人，要么成为一个广闻博识的'世界性的人'"。

斯维拉克属于后者。

72 岁成为畅销书作家

斯维拉克毕业于布拉格查理大学语言文学专业，做过多年中学语文教师，他的作品以语言挑剔、苛求完美著称。2008年秋天，72岁的斯维拉克推出第一部小说集——《短篇故事集》（Povídky，中文简体版译名《女观众》），一举摘得"畅销书作家"的新桂冠。

这本书，书名直白简约，所收十个短篇故事主题各异，以其温润无瑕的精湛文字、诡异的智慧、淡淡的幽默，给人带来愉悦的阅读情趣，横扫圣诞节前的捷克图书市场，荣登捷克最畅销图书榜首，轻松售出几十万册。

处女作的巨大成功，激励斯维拉克再写续集。2011年《新短篇故事集》（Nové povídky，中文简体版译名《错失之爱》）如期而至。这一次一共推出九个短篇故事，其中《复视》以中篇的篇幅，一篇抵两篇，弥补了出版商要求的十篇。毫无悬念，第二本小说集风靡全国，再次成为图书畅销排行榜翘楚，并拿下捷克重量级奖项镁文学2012年度"读者奖"。

2015年，斯维拉克出版了《电影故事集》（Filmové příběhy），收录了《给我一个爸》《青青校树》《布拉格练习曲》和《赤脚》（Po strnisti bos，2017）四篇作品。以上述小说为蓝本摄制的影片，前两部早在20世纪90年代已驰名世界，影片以温情与悲悯的写实手法以及浓厚的时代印记荣膺奥斯卡大奖。而《布拉格练习曲》具有较强的自传体色彩，他的导演儿子也怀揣好奇心，想了解老年人是否暗藏不可告人的想法，持续半个世纪的婚姻到底是怎样的一种状态，并一再叮咛父亲写出实话来。《赤脚》则是作家对二战期间随父母在乡村度过的童年生活的深情回眸，这个故事曾在2013年单独成书出版，是当年的年度畅销书，出版不到三个月即销售近六万册，2014年再次斩获捷克镁文学年度"读者奖"。2017年《赤脚》被搬上银幕，2018年参加第八届北京国际电影节，入围15部"天坛奖"主竞赛单元影片。

斯维拉克曾这样坦陈心声："短篇故事好比一垄畦地，长篇小说则似一片广袤的田野。我始终深知自己耕作不了田野，然而畦地上的活儿却令我心心念念。"接受媒体采访时，斯维拉克透露，小说集的出版实现了他高中时的梦想，那时他梦想成为短篇小说作家，然而他却写了一辈子电影和戏剧剧本，写了几百首歌词；他创作的几篇短篇小说，却始终尘封在抽屉里。好在步入人生暮年的斯维拉克，依然实现了华丽的转身，逐一面世的小说集，不负众望受到青睐和喜爱，赢得了从专业评论到普通读者的一致赞誉。

"我将果核还原成一枚樱桃或者李子"

斯维拉克的创作灵感来自生活，来自他对生活的观察和对细节的揣摩。他笔下的主人公，跟剧本人物或者他经常扮演的电影角色一样，大都为普通人，在生活中不甚成功，又不失天真俏皮。这些人会遭遇尴尬和困惑，他们面对的问题、陷入的境遇，读者会感觉似曾相识，仿佛这种命运随时也可能降临自己身上。而故事主人公处理困境的方式，往往凸显了其可爱和善良，他们设法遮掩所面临的窘境，绞尽脑汁地

246

思考如何体面地"摆脱"窘境而不伤及别人，然而始料未及的结局和自嘲调侃的妙语，又让人忍俊不禁。

作为资深影视作家，斯维拉克驾驭当代生活素材精巧练达，浑然天成，这一点他秉承了捷克文学巨擘恰佩克的风格，而故事发生地布拉格的都市环境，则延续了捷克短篇小说大师扬·聂鲁达的传统。斯维拉克对这两位先贤开创的传统既敏感又熟稔，他对细微琐碎的人类故事有着敏锐的感知，他关注繁芜的市井场面，捕捉现实生活的矛盾与苦涩，展示人性的弱点。如《法院来信》中的那种情形，读者无疑很熟悉，曾经耳闻，甚至亲历。如《追踪记》，假设掩住作者名字，它可以视为扬·聂鲁达《小城故事》中的某一篇，它抓住了布拉格夜幕下富有诗意的特征，包括故事人物类型——温文尔雅的怪癖，还有那怀旧又惆怅的结尾，即"诗意的不确定性"正慢慢地被湮没。

斯维拉克是玩味语言的高手。耐人寻味的叙述凸显了作家的语言功底，精致自然的文字读起来流畅、熨帖，其隐喻、语感和可视化表达不同凡响，造句简单，却极其形象。譬如《错失之爱》中，托马斯说："你这个人心真狠。牛一般的大脑，心眼却小过老鼠。"或者《复视》中，钢琴师走进城堡，"庄园的木地板弹奏起木质音乐会，宛如三十把走音的小提琴"。每个词都恰如其分地体现出作者对不同命运际遇的悲喜交加和细腻的透入感。作者把哲理思辨和睿智妙语奉献给读者，那些点睛之笔时常出现在故事结尾，彰显主题和情感维度，给人启迪，发人深省。

作家的叙事世界是仁慈的，以仁慈的情怀透视芸芸众生，解读人类的忧伤和刻板，但是含蓄的幽默又弥散在每一个苦涩的故事中。这种幽默与小说主题形成和谐的互动，构成欣喜的结局，给读者以愉悦，给喧嚣世界里的灵魂以安抚。作者说："在我参与的每一部电影制作中，显然，幽默起到举足轻重的作用。我始终在努力培植一种更为知性的幽默，它未必刻意针对知识群体，而是那些能领悟它的人。"同时作家并没有简单地对笔下人物进行谴责，而是带着理解和适度宽容走近，把他们留给读者决定是否施以恩典。

作家不否认自己擅长观察，只需环顾四周，便从普通人的悲欢爱恨中剥离出启示性的故事。他让那些欢愉和忧伤的经历者知道，他们的遭遇并不孤立，别人在经受同样的时刻，他们的力量和希望正被分享，或者反过来意识到，别人的痛苦和磨难也许更为深重。如《伯利恒之光》中智障、天真的儿子，贫困虔诚的父母，那种甜蜜、真诚和善良，让人们对智障男孩彼得产生由衷的同情和共鸣，至少在那一刻，会觉得自己身上的苦楚骤然变小了。并非每一个故事都关乎人性的弱点，在《列宁的微笑》里，读者不时会听到轻蔑的笑声，感受到某种内在迸发的力量。

斯维拉克说："创作一个故事就好比发现一粒果核，我设法将它还原成一枚樱桃或者李子。我的创作源于我的想象，我致力在母语中寻找表达，还原其果肉和果汁。"比如两篇以情爱为主题的小说《错失之爱》和《复视》，两个"爱"的故事赋予了作家展现叙事欲望的最大空间，并让他沉溺其中，从别人眼里不屑提及的某一时刻，作家却有血有肉地构建出两个枝繁叶茂的故事……

读者们好评如潮，在图书网站上留下诸如这样的评述——

作品的艺术魅力在于作家的善意视角，精湛诙谐的表达；在于小说的神秘、诱惑，字里行间充溢着智慧、俏皮、伤感和欲望，不一而足。读着那些故事，你的脸上情不自禁浮起会意的笑，读罢掩卷又有些酸楚和怅然，感觉生命中某些温馨和人性的东西，在手指间倏然而逝，一去不复返了。但你心里明白，面前的这本书，值得你关注，它无须依附封面上那个耳熟能详的名字，它是一个隽永有味儿的面团，它是你书房里一颗愿意一次次拿起赏玩的明珠。如果问，斯维拉克的故事集属于哪里，毫无疑问，它们属于平安夜的圣诞树下，躺在那一堆精美的令人神往的礼物里。

"布拉格故事集"首次引进中国

斯维拉克"布拉格故事集"，由读蜜传媒策划，浙江文艺出版社在中国首次译介出版，这是斯维拉克——捷克当代文学灿烂群星中的一员——在中国读者面前第一次正式亮相。这些故事，大多关乎爱情，作者手持情感的调色板，将人类炽热的爱恋以清丽明快的色调予以感性的呈现。渴望从日常的喧嚣中松弛身心的读者，不妨在斯维拉克式的诙谐波段里自行调谐；同时从斯维拉克诗意的篇章里，领会捷克这个生存于欧洲夹缝中的小国，它罹受的苦难与政治变故，它吸纳的文明与各种思潮精髓，理解捷克人悖谬而张狂的内心、独到的诗意的目光，理解他们幽默的天赋、讽喻自嘲和开放。斯维拉克的小说为读者，尤其是生活在都市中的人们，呈现了一种别具趣味的生活模式或者生命体验。

感谢读蜜传媒和浙江文艺出版社。

译者　2019 年 3 月于北京

本书中文简体字版权，浙江文艺出版社独家所有。
版权合同登记号：图字：11-2018-589

图书在版编目（CIP）数据

青青校树 /（捷克）兹旦内克·斯维拉克著；徐伟珠译 . -- 杭州：浙江
文艺出版社 , 2019.9
（布拉格故事集）

ISBN 978-7-5339-5766-7

Ⅰ . ①青… Ⅱ . ①兹… ②徐… Ⅲ . ①中篇小说 – 小说集 – 捷克 – 现代
Ⅳ . ① I524.45

中国版本图书馆 CIP 数据核字 (2019) 第 151812 号

青青校树

[捷克] 兹旦内克·斯维拉克 著　徐伟珠 译

总 策 划	读蜜传媒
责任编辑	瞿昌林
装帧设计	斐一龄
排版制作	苗向伟
责任印制	张丽敏
插图作者	[捷克] 雅罗斯拉夫·威格尔
出版发行	浙江文艺出版社
网　　址	www.zjwycbs.cn
联系电话	0571-85152727
经　　销	浙江省新华书店集团有限公司
印　　刷	杭州宏雅印刷有限公司
开　　本	889 毫米 × 1194 毫米　1/32
字　　数	156 千字
印　　张	8.125
插　　页	4
版　　次	2019 年 9 月第 1 版
印　　次	2019 年 9 月第 1 次印刷
书　　号	ISBN 978-7-5339-5766-7
定　　价	46.80 元